O DIÁRIO
DA NOSSA PAIXÃO

NICHOLAS SPARKS

O DIÁRIO
DA NOSSA PAIXÃO

Tradução de Helena Barbas

EDITORIAL **P** PRESENÇA

FICHA TÉCNICA

Título original: *The Notebook*
Autor: *Nicholas Sparks*
Copyright © 1996 by Nicholas Sparks
Edição publicada por acordo com Warner Books, Inc., Nova Iorque, N.Y., U.S.A.
Todos os direitos reservados
Tradução © Editorial Presença, Lisboa, 1999
Tradução: *Helena Barbas*
Fotografia: © Imageone/Werner Dieterich
Capa: *Catarina Sequeira*
Pré-impressão, impressão e acabamento: *Multitipo — Artes Gráficas, Lda.*
1.ª edição, Lisboa, Janeiro, 1999
2.ª edição, Lisboa, Setembro, 1999
3.ª edição, Lisboa, Fevereiro, 2000
4.ª edição, Lisboa, Julho, 2000
5.ª edição, Lisboa, Janeiro, 2001
6.ª edição, Lisboa, Abril, 2001
7.ª edição, Lisboa, Julho, 2001
8.ª edição, Lisboa, Setembro, 2001
9.ª edição, Lisboa, Novembro, 2001
10.ª edição, Lisboa, Fevereiro, 2002
11.ª edição, Lisboa, Maio, 2002
12.ª edição, Lisboa, Julho, 2002
13.ª edição, Lisboa, Setembro, 2002
14.ª edição, Lisboa, Dezembro, 2002
15.ª edição, Lisboa, Março, 2003
16.ª edição, Lisboa, Março, 2003
17.ª edição, Lisboa, Agosto, 2003
18.ª edição, Lisboa, Outubro, 2003
19.ª edição, Lisboa, Fevereiro, 2004
20.ª edição, Lisboa, Março, 2004
21.ª edição, Lisboa, Maio, 2004
22.ª edição, Lisboa, Agosto, 2004
23.ª edição, Lisboa, Setembro, 2004
24.ª edição, Lisboa, Outubro, 2004
25.ª edição, Lisboa, Outubro, 2004
26.ª edição, Lisboa, Novembro, 2004
27.ª edição, Lisboa, Dezembro, 2004
28.ª edição, Lisboa, Fevereiro, 2005
29.ª edição, Lisboa, Abril, 2005
30.ª edição, Lisboa, Junho, 2005
31.ª edição, Lisboa, Julho, 2005
32.ª edição, Lisboa, Agosto, 2005
33.ª edição, Lisboa, Outubro, 2005
34.ª edição, Lisboa, Dezembro, 2005
35.ª edição, Lisboa, Janeiro, 2006
36.ª edição, Lisboa, Março, 2006
37.ª edição, Lisboa, Junho, 2006
38.ª edição, Lisboa, Julho, 2006
Depósito legal n.º 245 989/06

Reservados todos os direitos
para Portugal à
EDITORIAL PRESENÇA
Estrada das Palmeiras, 59
Queluz de Baixo
2730-132 BARCARENA
Email: info@presenca.pt
Internet: http://www.presenca.pt

Com amor, dedico este livro a Cathy,
minha mulher e minha amiga.

AGRADECIMENTOS

Esta história tornou-se o que hoje é devido a duas pessoas muito especiais, e gostaria de lhes agradecer por tudo o que fizeram. A Teresa Park, a agente que me arrancou à obscuridade: obrigado pela amabilidade, paciência e pelas muitas horas que gastaste a trabalhar comigo — ficarei grato para sempre por tudo o que fizeste. A Jamie Raab, o meu revisor de texto: obrigado pela sabedoria, humor e bom coração. Tornaste esta experiência maravilhosa para mim, e fico feliz por te poder chamar meu amigo.

MILAGRES

Quem sou eu? E como acabará esta história?

O Sol já se levantou e sento-me junto a uma janela que se embaciou com o bafo de uma vida passada. Estou uma figura digna de ser vista, esta manhã: duas camisas, calças grossas, um cachecol enrolado com duas voltas em torno do pescoço e enfiado dentro de uma camisola grossa tricotada pela minha filha há uns trinta aniversários. O termóstato no meu quarto está no mais alto que pode aguentar, e um outro aquecedor mais pequeno encontra-se directamente atrás de mim. Estala e geme e vomita ar quente como um dragão de conto de fadas, mas o corpo continua a tremer-me com um frio que nunca partirá, um frio que se foi fabricando durante oitenta anos. Oitenta anos, penso às vezes, e apesar da minha própria aceitação desta minha idade, ainda me surpreende que não tenha conseguido sentir-me quente desde que George Bush foi presidente. E pergunto-me se será assim com toda a gente da minha idade.

A minha vida? Não é fácil de explicar. Não tem sido o percurso naturalmente esplêndido que eu imaginava que pudesse ser, mas também não tenho sido nenhum fura-vidas. Calculo que tenha acabado por se parecer mais com um título do tesouro: honestamente estável, mais altas que baixas, e gradualmente tendendo a subir com o tempo. Uma boa compra, uma aquisição sortuda, e aprendi que nem toda a gente pode dizer o mesmo da sua vida. Mas não se iludam. Não sou nada de especial e disto estou certo. Sou um homem vulgar, com pensamentos vulgares, e vivi uma vida vulgar. Não há monumentos dedicados a mim e o meu nome em breve será esquecido, mas amei outra pessoa com toda a minha alma e coração e isso, para mim, é que contou.

Os românticos chamar-lhe-iam uma história de amor, os cínicos antes uma tragédia. Para mim tem um bocadinho de ambas, e qualquer que seja o modo como se escolha imaginá-la no fim, não se altera o facto de que se trata de uma grande quantidade da minha vida e do caminho que escolhi percorrer. Não tenho queixas a fazer quanto ao meu percurso, nem quanto aos lugares aonde me levou. Talvez que sobre outras coisas pudesse arranjar lamentações suficientes para encher uma tenda de circo, mas o caminho que escolhi tem sido sempre o correcto, e não quereria que tivesse sido de outra maneira.

O tempo, infelizmente, vai tornando as coisas mais difíceis. O caminho continua recto como sempre, mas está agora juncado com as pedras e o cascalho que se vão acumulando ao longo de uma vida. Até há três anos isso teria sido fácil de ignorar, mas agora é impossível. Uma doença rola através do meu corpo; já não sou forte nem saudável, e os meus dias vão-se gastando como um velho balão de festa: inerte, esponjoso, e a tornar-se cada vez mais mole com o tempo.

Tusso, e através das pálpebras franzidas espreito o relógio de pulso. Apercebo-me de que é tempo de partir. Levanto-me do meu assento junto à janela e arrasto os pés a atravessar o quarto, parando junto à escrivaninha para pegar o livro de apontamentos que já li centenas de vezes. Nem sequer lhe dou uma vista de olhos. Em vez disso, enfio-o debaixo do braço e continuo o meu caminho em direcção ao lugar aonde tenho de ir.

Caminho sobre um chão de tijoleira de cor branca salpicada de cinzento. Como o meu cabelo, e o cabelo da maioria das pessoas que aqui estão, embora esta manhã seja eu o único no átrio da entrada. Os outros ainda estão nos seus quartos, sozinhos, apenas acompanhados pela televisão mas, como eu, já estão acostumados a isso. Se lhe derem tempo suficiente, uma pessoa habitua-se a tudo.

Oiço sons abafados de choro à distância, e sei exactamente de quem são. As enfermeiras vêem-me então, sorrimos uns para os outros e trocamos cumprimentos. São minhas amigas e conversamos muitas vezes, mas tenho a certeza de que ficam a magicar a meu respeito e sobre coisas que me fazem sofrer todos os dias. Oiço-as quando começam a murmurar entre si ao verem-me passar. «Lá vai ele outra vez», escuto, «Espero que corra bem.» Mas não me dizem nada directamente sobre o assunto. Tenho a certeza de que pensam que me incomodaria falar disto logo de manhã tão cedo, e conhecendo-me como me conheço, acho que elas são capazes de ter razão.

Um minuto mais tarde chego ao quarto. A porta mantém-se aberta para mim, como acontece usualmente. Há mais duas outras pessoas lá dentro, e também me sorriem quando entro. «Bom-dia», dizem com vozes alegres, e gasto um momento a perguntar-lhes pelas crianças, as escolas, as férias que estão para chegar. Falamos por cima do som do choro durante um minuto ou mais. Parecem não dar por ele. Tornaram-se-lhe insensíveis. Também eu estou a tornar-me insensível, mas por outros motivos.

Depois sento-me na cadeira que acabou por adquirir a minha forma. Já estão a acabar. Ela já tem as roupas vestidas, mas continua o choro. Tornar-se-á mais mansinho depois de elas partirem, eu sei. A excitação da manhã perturba-a sempre, e hoje não é excepção. Por fim, a cortina é aberta e as enfermeiras saem. Tocam-me ambas e sorriem ao passarem por mim. Gostaria de saber o que significa isto.

Sento-me só por um segundo e fico a observá-la, mas ela não me devolve o olhar. Compreendo. Não sabe quem sou. Para ela, sou um estranho. Depois, desviando-me, baixo a cabeça e rezo silenciosamente para que me sejam dadas as forças de que, sei, irei precisar. Fui sempre um crente convicto em Deus e no poder da oração, embora, para ser honesto, a minha fé tenha acabado por me suscitar uma lista de perguntas que, definitivamente, só quero que sejam respondidas depois de eu partir.

Agora estou pronto. De óculos postos, tiro do bolso uma lente de aumentar. Poiso-a sobre a mesa por um instante enquanto abro o livro de apontamentos. São precisas duas lambidelas no meu dedo lenhoso para conseguir que a capa muito usada se abra na primeira página. Depois, ponho a lente de aumentar no sítio.

Há sempre um momento, imediatamente antes de começar a ler a história, em que a mente se me perturba, e pergunto-me, «Irá acontecer hoje?» Não sei. Porque nunca sei com antecedência. E, lá no fundo, nem sequer é importante. É a possibilidade que me faz continuar e não a certeza. Uma espécie de aposta da minha parte. E embora me possam chamar sonhador, louco ou qualquer outra coisa, acredito que tudo é possível.

Tenho consciência de que as probabilidades e a ciência estão contra mim. Mas a ciência nunca tem uma resposta definitiva. Isto eu sei, aprendi-o durante a minha vida. E tal deixa-me com a crença de que os milagres, por mais inexplicáveis ou incríveis, são reais e podem ocorrer sem se preocuparem com a ordem natural das coisas. Assim, uma vez mais, tal como faço todos os dias, começo a ler o livro de apontamentos em voz alta, de maneira que ela o possa ouvir, na esperança de que o milagre que veio a dominar a minha vida possa prevalecer de novo.

E por hipótese, só por hipótese, talvez aconteça.

FANTASMAS

Estava-se no princípio de Outubro de 1946, e Noah Calhoun observava o Sol desvanecente a mergulhar mais baixo a partir do pórtico que circundava a sua casa ao estilo de plantação sulista. Gostava de se sentar ali nos fins de tarde, especialmente depois de trabalhar duramente o dia todo, e deixar os pensamentos deambular sem um propósito consciente. Era assim que se descontraía, um truque que aprendera com o pai.

Gostava especialmente de olhar as árvores e os seus reflexos no rio. As árvores da Carolina do Norte são muito belas em pleno Outono: verdes, amarelos, vermelhos, laranjas e todas as tonalidades intermédias. As cores assombrosas brilham com o sol e, pela centésima vez, Noah Calhoun perguntou a si próprio se os primeiros proprietários da casa teriam passado assim as tardes a pensar nas mesmas coisas.

Fora construída em 1772, o que a tornava numa das mais antigas e maiores habitações de Nova Berna. Originalmente tinha sido a casa principal da plantação. Comprara-a logo depois de a Guerra ter terminado, e nos últimos onze meses havia gasto uma pequena fortuna a restaurá-la. O repórter do jornal de Raleigh tinha feito um artigo sobre ela algumas semanas atrás onde dissera que aquele era um dos melhores trabalhos de restauro que alguma vez vira. Pelo menos a casa era. O resto da propriedade era outra história, e fora nela que passara a maior parte do dia.

A casa assentava sobre uns doze acres adjacentes ao ribeiro de Brices; ele estivera a trabalhar na vedação de madeira que cercava os

15

outros três lados da propriedade, procurando caruncho ou térmitas, substituindo os postes quando era preciso. Ainda tinha muito trabalho para fazer ali, em particular no lado oeste e, enquanto arrumava as ferramentas, um pouco antes, tomara nota mentalmente para telefonar a pedir que lhe enviassem mais madeira. Entrou em casa, bebeu um copo de chá doce e foi para o duche. Tomava sempre duche ao fim do dia, com a água a lavar a sujidade e o cansaço.

Depois penteou o cabelo para trás, vestiu umas calças de ganga coçadas e uma camisa azul de mangas compridas, encheu outro copo com chá adoçado e foi para o alpendre, onde estava sentado agora, onde se sentava todos os dias por esta hora.

Esticou os braços acima da cabeça e depois para os lados, fazendo rolar os ombros enquanto acabava o exercício. Sentia-se bem e limpo, fresco. Tinha os músculos cansados e sabia que no dia seguinte lhe iriam ficar um pouco doridos, mas sentia-se feliz por ter conseguido acabar quase tudo o que se propusera fazer.

Noah esticou-se para apanhar a viola, lembrando-se do pai ao fazê-lo, pensando como sentia tanto a falta dele. Experimentou um acorde, ajustou a tensão em duas das cordas, depois dedilhou de novo. Desta vez até lhe soava afinado e principiou a tocar. Música doce, música calma. Trauteou primeiro durante algum tempo, depois começou a cantar enquanto a noite caía em torno de si. Tocou e cantou até o Sol desaparecer e o céu se tornar escuro.

Passava pouco das sete quando desistiu, se instalou melhor na cadeira e começou a balançar-se. Por hábito, olhou para cima e viu Oríon e a Ursa Maior, Gémeos e a Estrela Polar a tremeluzirem no céu outonal.

Começou a fazer contas de cabeça e depois parou. Sabia que tinha gasto quase todas as suas poupanças com a casa, e que muito em breve teria que arranjar de novo um emprego, mas afastou esse pensamento e decidiu gozar os meses de restauro que ainda lhe faltavam sem se preocupar com o assunto. Seria melhor para ele, e sabia-o; funcionava assim. Além disso, pensar em dinheiro aborrecia-o sempre. No princípio, habituara-se a gozar as coisas simples, coisas que não podiam ser compradas, e era-lhe muito difícil perceber as pessoas que pensavam de outra maneira. Era um outro traço que tinha herdado do pai.

Clem, a sua cadela de caça, chegou-se até ele e encostou-lhe o focinho à mão antes de se deitar aos seus pés. «Olá rapariga, como estás?» perguntou-lhe, dando-lhe palmadinhas na cabeça, e ela rosnou docemente, lançando-lhe os olhos redondos e inquisidores. Um acidente de automóvel fizera-a perder uma pata, mas ainda conseguia mexer-se bastante bem e fazia-lhe companhia nas noites calmas como esta.

Já tinha feito os trinta e um anos, não tinha muita idade, mas o suficiente para se sentir só. Não saíra com ninguém desde que regressara ali, nem tinha encontrado ninguém que lhe interessasse, mesmo remotamente. A culpa era sua, sabia bem. Havia algo que mantinha uma distância entre ele e qualquer mulher que começasse a aproximar-se, algo que ele não tinha a certeza de conseguir mudar ainda que tentasse. E às vezes, nos momentos imediatamente anteriores à chegada do sono, perguntava-se se estaria destinado a ficar só para sempre.

O crepúsculo passou, continuando quente, agradável. Noah ficou-se a ouvir os grilos e o roçagar das folhas, pensando que os sons da natureza eram mais reais e lhe suscitavam mais emoção do que objectos como carros e aviões. As coisas da natureza davam mais do que tiravam e os seus sons levavam-no sempre de volta para aquilo que era suposto ser real. Havia alturas, durante a Guerra, especialmente depois de uma missão mais importante, em que pensava muitas vezes nestes sons simples. «Vão impedir-te de ficares louco», dissera-lhe o pai no dia em que embarcara. «É a música de Deus, e vai trazer-te de volta a casa.»

Acabou o chá e foi para dentro. Pegou num livro e, ao sair de novo, acendeu a luz do alpendre. Depois de se sentar outra vez, olhou para o livro. Estava velho, tinha a capa rasgada e as páginas sujas de lama e água. Era *As Folhas de Erva*, de Walt Whitman, que trouxera sempre consigo durante toda a Guerra. Uma vez até chegou a ser atingido por uma bala.

Esfregou a capa, limpando-a um pouco. Depois, deixou que o livro se abrisse ao acaso e leu as palavras diante de si:

Esta é a tua hora, ó alma, o teu voo livre adentro do indizível,
Longe dos livros, da arte, o dia apagado, as lições feitas,

Emerges e avanças totalmente, silenciosa, observando, ponderando nos temas de que mais gostas,
A noite, o sono, a morte e as estrelas

Sorriu para si. Por um motivo qualquer, Whitman fazia-o sempre recordar-se de Nova Berna, e sentia-se contente por ter regressado. Embora tivesse estado longe durante catorze anos, aqui era o seu lar, aqui conhecia uma série de gente, a maioria do tempo da sua juventude. Não era de admirar. Como tantas outras pequenas cidades sulistas, as pessoas que nela viviam nunca mudavam, apenas ficavam um pouco mais velhas.

O seu melhor amigo nestes tempos era Gus, um negro de setenta anos de idade que vivia ao fim da estrada. Tinham-se conhecido umas duas semanas depois de Noah comprar a casa, quando Gus lhe aparecera com um pouco de licor caseiro e um guisado. Haviam passado os dois a primeira noite juntos a embebedar-se e a contar histórias.

Agora Gus visitava-o umas duas noites por semana, normalmente por volta das oito. Com quatro filhos e onze netos em casa, sentia necessidade de sair de vez em quando, e Noah não o podia criticar. Normalmente Gus trazia a harmónica e, depois de conversarem durante um bocado, tocavam algumas canções juntos. Às vezes ficavam a tocar horas sem fim.

Acabara por considerar Gus como uma pessoa de família. De facto, não tinha mais ninguém, pelo menos, desde que o pai falecera no ano anterior. Era filho único. A mãe morrera de gripe quando ele tinha dois anos e, embora a dada altura o tivesse querido, o pai nunca voltara a casar.

Que ele soubesse, tinha estado apaixonado uma vez. Uma e única vez, e há imenso tempo. E isso mudara-o para sempre. O perfeito amor fazia isso a uma pessoa, e aquele fora perfeito.

Nuvens vindas da costa começaram a rolar lentamente ao anoitecer através do céu, tornando-se prateadas com o reflexo da Lua. A vê-las engrossar, inclinou a cabeça para trás e apoiou-a de encontro à cadeira de balanço. As pernas moviam-se-lhe automaticamente, mantendo um ritmo constante e, como acontecia todos os dias, sentiu o pensamento recuar até uma noite quente como esta, catorze anos atrás.

Foi logo a seguir a ter acabado o liceu em 1932, na abertura da Festa do rio Neuse. A cidade saíra toda para a rua, a gozar o prazer de petiscos ao ar livre e jogos de azar. Estava húmido nessa noite — por um motivo qualquer, ele recordava-se claramente disso. Chegou sozinho e passeou-se por entre a multidão, procurando os amigos. Viu Fin e Sarah, duas pessoas com quem tinha crescido, a falarem com uma rapariga que nunca tinha visto antes. Era bonita, lembrava-se de ter pensado, e quando finalmente se juntou a eles, ela olhou na sua direcção com um par de olhos desfocados que continuavam a aproximar-se. «Olá», disse simplesmente enquanto estendia a mão, «Finley já me falou imenso sobre ti.»

Um começo vulgar, algo que seria esquecido se tivesse vindo de outra pessoa qualquer que não ela. Mas quando lhe apertou a mão, e cruzou aqueles espantosos olhos esmeralda, soube antes de respirar de novo que ela era aquela de quem ele poderia andar o resto da vida à procura e nunca mais voltar a encontrar. Assim lhe parecera, tão boa, tão perfeita, enquanto uma brisa de Verão soprava entre as árvores.

A partir dali foi como um vento de tempestade. Fin disse-lhe que ela estava a passar o Verão em Nova Berna com a família porque o pai trabalhava para R. J. Reynolds e, embora apenas tivesse acenado, a maneira como ela o olhava fazia com que o silêncio parecesse correcto. Fin então riu-se, porque percebeu o que estava a acontecer, e Sarah sugeriu que fossem tomar uns refrigerantes de cereja, e os quatro ficaram pela Festa até a multidão se desvanecer e tudo fechar para a noite.

Encontraram-se no dia seguinte, e no dia depois desse, e em breve tornaram-se inseparáveis. Todas as manhãs, com a excepção do domingo, em que tinha de ir à igreja, ele acabava as suas tarefas o mais depressa possível; depois ia directo para o Parque do Forte Totten, onde ela o esperava. Porque era recém-chegada e nunca estivera antes numa cidade pequena, eles passavam o dia a fazer coisas que eram completamente novas para ela. Ele ensinou-a a pôr isco na linha e a pescar nos baixios a perca de boca larga, e levou-a a explorar os bosques interiores da floresta de Croatan. Andaram de canoa e observaram as tempestades de Verão; a ele parecia-lhe que sempre se haviam conhecido.

Mas também ele aprendeu coisas. No baile da cidade, no celeiro do tabaco, foi ela quem o ensinou a dançar a valsa e o *charleston* e, embora tropeçassem durante as primeiras canções, a paciência dela para com ele acabou recompensada, e dançaram juntos até a música acabar. Depois levou-a a casa e, quando pararam no alpendre após se despedirem, ele beijou-a pela primeira vez e ficou a pensar por que é que havia esperado tanto tempo para o fazer. Mais para o fim do Verão, levou-a a casa dele, olhou para aquela degradação e disse-lhe que aquilo um dia iria pertencer-lhe e então faria obras. Passaram horas juntos a falar sobre os seus sonhos — o dele, de ver o mundo; o dela, de ser artista — e numa húmida noite de Agosto perderam ambos a virgindade. Quando ela partiu três semanas mais tarde, levou consigo uma parte dele e o resto do Verão. Ele ficou a vê-la a abandonar a cidade, cedo numa manhã chuvosa, observando-a através de olhos que não haviam dormido na noite anterior; depois foi para casa e fez a mala. Passou a semana seguinte sozinho na ilha de Harkers.

Noah passou as mãos pelo cabelo e olhou para o relógio. Oito e doze. Levantou-se, foi até à entrada da casa e lançou o olhar estrada acima. Não se avistava Gus, e Noah calculou que ele não viria. Regressou à cadeira de balanço e voltou a sentar-se.

Lembrava-se de ter falado dela a Gus. A primeira vez que a mencionou, Gus começou a abanar a cabeça e a rir. «Então é esse o fantasma de que tens andado a fugir?» Quando lhe perguntou o que é que ele queria dizer com aquilo, Gus respondeu: «Tu sabes, o fantasma, a memória. Tenho estado a observar-te, trabalhas que nem um escravo noite e dia, esforças-te tanto que nem tens tempo para parar e respirar. As pessoas fazem isso por três motivos. Por serem loucas, ou estúpidas, ou para tentarem esquecer. E contigo eu sabia que era para tentar esquecer. Só não sabia o quê.»

Pensou no que Gus tinha dito. Gus tinha razão, é claro. Nova Berna agora estava assombrada. Assombrada pelo fantasma da memória dela. Via-a diante do Parque do Forte Totten, o sítio deles, de cada vez que por lá passava. Fosse sentada no banco ou de pé junto ao portão, sempre a sorrir, o cabelo loiro a rasar-lhe suavemente os ombros, os olhos da cor das esmeraldas. Quando se sentava no alpendre à noite com a sua viola, via-a a seu lado, ouvindo silenciosamente enquanto ia tocando a música da sua infância.

Sentia o mesmo quando ia ao supermercado de Gaston, ou ao Teatro Masonic, ou até quando passeava pela baixa da cidade. Para qualquer lado que olhasse via a imagem dela, via coisas que a traziam de volta à vida.

Era estranho e ele sabia-o. Tinha crescido em Nova Berna, e parecia lembrar-se apenas do último Verão, o Verão que tinham passado juntos. Outras memórias eram apenas fragmentos, peças aqui e ali, do crescer, e poucas, se algumas, evocavam qualquer emoção.

Tinha contado isto a Gus uma noite, e Gus não apenas percebera tudo, como fora o primeiro a explicar-lhe porquê. Disse simplesmente: «O meu pai costumava contar-me que a primeira vez que nos apaixonamos, a nossa vida muda para sempre e, por mais que se tente, a emoção nunca desaparece. Essa rapariga de quem me tens falado foi o teu primeiro amor. E o que quer que faças, ela ficará contigo para sempre.»

Noah abanou a cabeça e quando a imagem dela começou a desaparecer, regressou a Whitman. Leu durante uma hora, olhando para cima de vez em quando para ver os guaxinins e as sarigueias em correria junto ao regato. Às nove e meia fechou o livro, subiu para o quarto e ficou a escrever no seu diário tanto as observações pessoais quanto o trabalho que tinha feito na casa. Quarenta minutos mais tarde estava a dormir. *Clem* foi escadas acima, farejou-o, depois deu umas voltas sobre si própria até, por fim, se enrolar aos pés da cama.

No princípio da noite e a cento e cinquenta quilómetros de distância, sentava-se ela sozinha na cadeira de balanço do alpendre da casa dos seus pais, com uma perna cruzada debaixo de si. O assento estava ligeiramente húmido quando se sentara. Havia chovido antes, gotas fortes e afiadas, mas agora as nuvens estavam a desaparecer e ela olhou para além delas, em direcção às estrelas, perguntando-se se tomara a decisão certa. Andava em conflito consigo própria há dias — e lutara um pouco mais esta noite — e, no fim, sabia que nunca mais se perdoaria a si própria se deixasse passar aquela oportunidade.

Lon não soubera a verdadeira razão pela qual ela resolvera partir naquela manhã. Na semana anterior insinuara que queria visitar alguns antiquários junto à costa. «São só uns dias», disse, «e além disso, preciso de umas férias por causa dos preparativos do casamento.» Sentiu-se mal com a mentira, mas sabia que não haveria maneira de lhe contar a verdade. A partida dela não tinha nada a ver com ele, e não seria correcto da sua parte pedir-lhe que compreendesse.

Foi uma condução fácil a partir de Raleigh, pouco mais de duas horas, e chegou um pouco antes das onze. Registou-se numa pequena estalagem na parte baixa da cidade, foi para o quarto, desfez a mala, pendurou os vestidos no roupeiro e pôs o resto das coisas nas gavetas. Almoçou depressa, pediu à empregada os endereços dos antiquários mais próximos, e passou as poucas horas seguintes a fazer compras. Pelas quatro e meia, estava de volta ao quarto.

Sentou-se na beira da cama, pegou no telefone e ligou para Lon. Ele não podia falar durante muito tempo, esperavam-no no tribunal, mas antes que desligasse ela deu-lhe o número de telefone do local onde estava e prometeu ligar no dia seguinte. Óptimo, pensou ela enquanto pousava o auscultador. A conversa do costume, nada fora do normal. Nada que o deixasse desconfiado.

Já o conhecia fazia agora quase quatro anos. Haviam-se encontrado em 1942, quando o mundo ainda estava em Guerra e a América há um ano metida nela. Todos participavam de alguma maneira, e ela trabalhava como voluntária no hospital da cidade. Ali era necessária e apreciada, mas fora mais difícil do que esperara. Chegavam as primeiras vagas de jovens soldados feridos de regresso a casa, e ela passava os dias com homens deprimidos e corpos esfrangalhados. Quando Lon, com todo o seu encanto fácil, se apresentou numa festa de Natal, ela viu nele exactamente aquilo que lhe fazia falta: alguém com confiança no futuro e um sentido de humor que afastava todos os seus receios.

Era belo, inteligente e ambicioso. Um advogado de sucesso oito anos mais velho do que ela. Levava a cabo o seu trabalho com paixão, não apenas para ganhar causas, mas também para adquirir uma boa reputação. Ela compreendia aquela vigorosa perseguição do êxito, pois o pai e a maioria dos homens que encontrara no seu círculo social eram assim. Como eles, ele fora educado daquela maneira. Depois, no sistema de castas do Sul, o nome da família e as realizações pessoais eram quase sempre as coisas mais importantes a ter em consideração num casamento. Nalguns casos, as únicas.

Embora desde a infância se tivesse revoltado silenciosamente contra esta ideia, e tivesse saído com alguns homens algo irresponsáveis, sentiu-se facilmente atraída pelo à-vontade de Lon e, a pouco e pouco, tinha dado por si a amá-lo. Apesar das longas horas que dedicava ao trabalho, ele era bom para ela. Era um cavalheiro, amadurecido e responsável, e durante aqueles períodos terríveis da Guerra em que precisava de alguém para a abraçar, ele estava sempre disponível quando era necessário. Sentia-se segura com ele, sabia que ele também a amava, e foi por isso que aceitou o pedido de casamento.

Pensar nestas coisas fazia-a sentir-se culpada por estar ali. Sabia que devia fazer as malas e partir antes que mudasse de ideias. Já lhe acontecera uma vez antes, há muito tempo. Se partisse agora, tinha a certeza de que nunca mais teria forças para regressar aqui de novo. Pegou no livro de apontamentos, hesitou, e quase foi até à porta. Mas a coincidência tinha-a empurrado até ali. Pousou o livro de apontamentos, de novo tomando consciência de que, se desistisse agora, ficaria para sempre a pensar no que poderia ter acontecido. E achava que não podia viver com isso.

Foi até à casa de banho e pôs a água a correr. Depois de verificar a temperatura, virou-se a caminho da cómoda, a tirar os brincos de ouro enquanto atravessava o quarto. Procurou a bolsa da maquilhagem, abriu-a e tirou uma gilete e um sabonete, depois despiu-se diante da escrivaninha.

Desde que era menina que todos a achavam muito bela, e assim que ficou nua, olhou-se no espelho. Tinha o corpo firme e bem proporcionado, os seios docemente arredondados, o estômago plano, as pernas elegantes. Herdara os malares altos da mãe, assim como a pele macia e o cabelo loiro, mas a melhor característica era mesmo sua. Os «olhos como as ondas do mar», como Lon gostava de dizer.

Pegando na gilete e no sabonete, foi de novo para a casa de banho. Fechou a torneira, pôs uma toalha ao alcance da mão e entrou cautelosamente. Gostava do modo como o banho a descontraía, e deixou-se escorregar mais adentro da água. O dia fora longo e as costas estavam tensas, mas sentia-se satisfeita por ter acabado as compras tão depressa. Era preciso regressar a Raleigh com algo de tangível e as coisas que escolhera serviriam na perfeição. Mentalmente, tomara nota para não se esquecer de procurar os nomes de mais algumas lojas na área de Beaufort e depois, subitamente, calculou que não seria preciso. Lon não era do tipo de ir verificar o que ela dissesse.

Pegou no sabonete, ensaboou-se e começou a rapar as pernas. Enquanto o fazia, pensou nos pais e no que poderiam pensar do seu comportamento. Não havia dúvidas de que a iriam reprovar, em particular a mãe. A mãe nunca tinha conseguido realmente aceitar o que acontecera no Verão que aqui haviam passado, e não iria aceitar isso agora, qualquer que fosse a razão que ela lhe apresentasse.

Deixou-se ficar um pouco mais na banheira antes de se levantar e enxugar com a toalha. Foi até ao roupeiro e procurou um vestido, por fim escolhendo um longo, amarelo, com um ligeiro decote à frente, o tipo de vestido vulgar no Sul. Enfiou-o e olhou-se no espelho, virando-se de um lado e outro. Caía-lhe bem e dava-lhe um ar muito feminino, mas acabou por decidir tirá-lo e pô-lo de novo no roupeiro.

Em vez daquele escolheu outro mais prático, menos revelador, e enfiou-o. Azul-claro com um toque de renda, abotoava na frente até acima e, embora não lhe ficasse tão bem como o outro, dava-lhe uma imagem que ela achou ser mais apropriada.

Pintou-se muito pouco, só um toque de sombra nas pálpebras e rímel para acentuar os olhos. Depois perfume, não muito. Encontrou um par de brincos pequenos, umas argolas, e pô-los. Depois enfiou as sandálias acastanhadas que usara antes. Escovou o cabelo louro, apanhou-o no alto e olhou-se no espelho. Não. Era de mais, pensou, e soltou o cabelo. Fica melhor.

Quando acabou, deu um passo atrás e ficou a avaliar-se. Tinha bom aspecto: nem demasiado elegante, nem demasiado prática. Não queria exagerar. Apesar de tudo, não sabia o que a esperava. Passara muito tempo — provavelmente demasiado tempo — e muitas coisas diferentes podiam ter acontecido, até mesmo coisas que ela não queria ter em consideração.

Olhou para baixo, viu que as mãos lhe tremiam e riu-se para si. Era estranho. Normalmente não ficava assim nervosa. Como Lon, tinha tido sempre confiança em si própria, mesmo quando criança. Recordava-se de que, às vezes, isso até havia sido um problema, especialmente quando saía com alguém, porque intimidava a maioria dos rapazes da sua idade.

Agarrou no livro de apontamentos e nas chaves do carro, depois pegou na do quarto. Deu-lhe a volta na mão algumas vezes, a pensar, «Chegaste até aqui, não desistas agora» e quase saiu nesse momento, mas em vez disso sentou-se na cama outra vez. Olhou para o relógio. Quase seis da tarde. Sabia que tinha que sair dentro de alguns minutos — não queria chegar depois de anoitecer, mas precisava de um pouco mais de tempo.

«Raios», murmurou, «o que é que estou aqui a fazer? Não devia estar aqui. Não há motivo para isso», mas assim que o disse, sabia que não era verdade. Havia alguma coisa aqui. Se nada mais, pelo menos ela encontraria uma resposta.

Abriu o livro de apontamentos e folheou-o até que encontrou um bocado de jornal dobrado. Depois de o retirar lentamente, quase com reverência cuidadosa para não o rasgar, desdobrou-o e ficou a olhá-lo por um momento. «É este o motivo,» disse por fim para si própria, «é disto que se trata.»

Noah levantou-se às cinco da manhã e foi andar de caiaque durante uma hora pelo regato de Brices acima, como costumava fazer. Quando acabou, vestiu as roupas de trabalho, aqueceu alguns pãezinhos do dia anterior, agarrou em duas maçãs e empurrou o pequeno-almoço para baixo com duas chávenas de café.

Foi outra vez trabalhar na vedação, reparando a maioria dos postes que não se encontrava em boas condições. Estava-se no Verão de S. Martinho, com a temperatura acima dos trinta e sete graus, e pela hora do almoço estava com calor, cansado e sentiu-se feliz por fazer um intervalo.

Comeu junto ao regato porque os ruivos estavam a saltar. Gostava de os ver a saltar três ou quatro vezes e deslizar no ar antes de desaparecerem na água salobra. Por um motivo qualquer, agradara-lhe sempre o facto de o instinto daqueles peixes não ter mudado em milhares, talvez milhões de anos.

Às vezes interrogava-se se também os instintos do homem haveriam mudado durante todo esse tempo, e concluía sempre que não. Pelo menos nas questões básicas, mais primitivas. Ao que se ouvia dizer, o homem sempre fora agressivo, lutara sempre para dominar, a tentar controlar o mundo e tudo o que nele havia. A Guerra na Europa e no Japão eram prova disso.

Parou de trabalhar um pouco depois das três e foi até um pequeno barracão que ficava junto à sua doca. Entrou, tirou uma cana de pesca, um pouco de isco, e pegou em alguns grilos vivos que guardava, depois saiu para o pontão, pôs isco no anzol e lançou a linha.

Pescar fazia-o sempre reflectir na sua vida, e fê-lo também agora. Depois de a mãe morrer, lembrava-se de ter passado os dias numa dúzia de casas diferentes e, por um motivo qualquer, de gaguejar muito quando era miúdo e de ser gozado por isso. Começou a estar cada vez mais calado, e aos cinco anos já não falava de todo. Quando começou a ir à escola, os professores pensavam que era atrasado e aconselharam que mais valia não insistirem com ele.

Em vez disso, o pai tomou o assunto nas suas próprias mãos. Manteve-o na escola e depois fazia-o vir para o depósito de madeiras onde trabalhava, para arrastar e empilhar os toros. «É bom que passemos algum tempo juntos», dizia, enquanto trabalhavam lado a lado, «tal como o meu pai e eu fazíamos.»

Durante esse tempo que passavam juntos, o pai falava-lhe de pássaros e de animais, ou contava-lhe histórias e lendas tradicionais da Carolina do Norte. Em poucos meses, Noah estava a falar de novo, embora não muito bem, e o pai decidiu ensinar-lhe a ler em livros de poesia. «Aprende a ler isto em voz alta, e serás capaz de dizer tudo o que quiseres.» Mais uma vez o pai tivera razão e, no ano seguinte, Noah havia superado a gaguez. Mas continuava a ir para o depósito de madeiras todos os dias apenas porque o pai estava ali, e pelo fim das tardes lia as obras de Whitman e Tennyson em voz alta, enquanto o pai se balançava a seu lado. Desde então nunca mais deixara de ler poesia.

Quando se tornou um pouco mais velho, passava a maior parte dos fins-de-semana e férias sozinho. Explorava a floresta de Croatan na sua primeira canoa, seguindo pelo regato de Brices acima cerca de trinta quilómetros até não poder avançar mais, depois caminhava a pé os quilómetros que faltavam até à costa. Acampar e explorar haviam-se tornado a sua paixão, e passava horas na floresta, sentado debaixo dos carvalhos negros, a assobiar baixinho e a tocar viola para os castores, gansos e garças-reais azuis selvagens. Os poetas sabiam que o isolamento na natureza, longe das pessoas e das coisas feitas pelos homens, era bom para a alma, e ele sempre se identificara com os poetas.

Embora fosse uma pessoa tranquila, os anos a levantar os pesos no depósito de madeiras ajudaram-no a tornar-se bom nos desportos, e os seus sucessos atléticos conduziram-no à popularidade. Gostava dos jogos de futebol, das corridas e, embora os seus colegas de equipa, na sua maioria, também passassem os tempos livres juntos, raramente se reunia com eles. Uma ou outra pessoa achava-o arrogante, a maioria achava simplesmente que ele crescera um pouco mais depressa que os outros miúdos. Tinha algumas amigas na escola, mas nenhuma o conseguira impressionar. Excepto uma. E essa foi depois do liceu.

Allie, a sua Allie.

Lembrava-se de ter conversado com Fin acerca de Allie após terem deixado o festival naquela primeira noite, e de Fin se rir. Depois fez duas previsões: primeiro, que ele ia ficar apaixonado, e segundo, que não ia correr bem.

Noah sentiu um pequeno esticão na linha e esperou que fosse uma perca de boca grande, mas os puxões acabaram por parar, e, depois de rebobinar e verificar o isco, lançou outra vez a linha.

Fin acabou por estar certo nas duas coisas. Na maior parte do Verão, ela vira-se forçada a dar uma desculpa aos pais de cada vez que se queria encontrar com ele. Não que não gostassem dele — só que vinha de uma classe social diferente, era demasiado pobre, e nunca aprovariam que a filha estabelecesse uma relação séria com alguém como ele. «Não me interessa o que os meus pais pensam, eu amo-te e sempre te amarei», costumava ela dizer. «Descobriremos uma maneira de ficarmos juntos.»

Mas no fim não puderam. No princípio de Setembro, o tabaco já havia sido ceifado e ela não tivera outra alternativa senão regressar com a família a Winston-Salem. «Só o Verão é que acabou,

Allie, nós não», dissera-lhe na manhã em que ela partiu. «Nós nunca acabaremos.» Mas acabaram. Por um motivo que ele nunca chegou bem a entender, as cartas que lhe escreveu não foram respondidas.

Por fim, decidiu partir de Nova Berna para ver se conseguia arrancá-la do pensamento, e também porque a Grande Depressão tornava quase impossível ganhar a vida ali. Primeiro foi para Norfolk onde trabalhou num estaleiro durante uns seis meses antes de ser despedido, depois mudou-se para Nova Jersey porque soubera que ali a situação económica não estava tão má.

Acabou por encontrar trabalho num depósito de sucata, a separar fragmentos de metal. O proprietário, um judeu chamado Morris Goldman, tinha por objectivo recolher a maior quantidade de sucata possível, convencido de que iria começar uma Guerra na Europa para a qual a América seria de novo arrastada. Noah, porém, não se preocupava com os motivos. Sentia-se apenas feliz por ter um trabalho.

Os anos que passara no depósito de madeiras haviam-no endurecido para este tipo de tarefa, e trabalhava arduamente. Isso não apenas o ajudava a manter Allie fora do seu pensamento durante o dia, mas também era uma coisa que ele achava que tinha de fazer. O pai sempre lhe dissera: «Dá um dia de trabalho por um dia de ordenado. Menos que isso é roubar.» A atitude agradava ao patrão. «É uma pena que não sejas judeu», costumava dizer Goldman, «és um óptimo rapaz em todos os outros aspectos.» Era o maior elogio que sabia fazer.

Ele continuava a pensar em Allie, especialmente de noite. Escrevia-lhe uma vez por mês, mas nunca recebia resposta. Por fim escreveu-lhe uma última carta, e obrigou-se a aceitar o facto de que o Verão que haviam passado juntos seria a única coisa que alguma vez poderiam ter partilhado.

Porém, apesar disso, ela continuava com ele. Três anos depois da última carta, foi até Winston-Salem na esperança de a encontrar. Foi até à casa dela, descobriu que se tinha mudado, e depois de ter falado com alguns dos vizinhos, acabou a telefonar para a firma R. J. R. A rapariga que atendeu o telefone era nova na empresa e não reconheceu o nome, mas foi procurar nos ficheiros de pessoal. Descobriu que o pai de Allie tinha abandonado a empresa e não tinha deixado endereço algum. Essa viagem foi a primeira e a última que fez para a procurar.

Durante os oito anos seguintes continuou a trabalhar para Goldman. A princípio era um dos doze empregados, mas à medida que os anos passavam, a firma cresceu e ele foi promovido. Por volta de 1940 já dominava o negócio e geria todos os movimentos, fazendo as transacções e chefiando uma equipa de trinta pessoas. O depósito tinha-se tornado o maior negócio de sucata da Costa Leste.

Durante esse tempo, andou com uma série de mulheres diferentes. Teve um caso mais sério com uma delas, uma empregada de mesa de um restaurante local, de olhos azuis e cabelo negro sedoso. E embora saíssem juntos durante dois anos, e tivessem passado bons momentos, nunca chegou a sentir em relação a ela o que sentira por Allie.

Mas também não se esqueceria dela. Era poucos anos mais velha do que ele, e foi ela quem lhe ensinou como dar prazer a uma mulher, os locais a beijar e tocar, onde demorar-se, as coisas a murmurar. Por vezes passavam um dia inteiro na cama, abraçando--se e fazendo amor de forma a satisfazer ambos.

Ela sabia que não ficariam juntos para sempre. Perto do fim da relação, ela disse-lhe uma vez: «Gostaria de te poder dar aquilo que procuras, mas não sei o que é. Há uma parte de ti que manténs fechada para todos, até para mim. É como se não estivesses realmente comigo. Tens na cabeça alguém diferente de mim.»

Tentou negar, mas ela não acreditou. «Sou uma mulher — sei destas coisas. Às vezes, quando olhas para mim, sei que estás a ver outra. É como se estivesses à espera de que ela surgisse do nada para te levar para longe de tudo isto...» Um mês mais tarde foi visitá-lo ao emprego e disse-lhe que tinha conhecido outra pessoa. Ele compreendeu. Separaram-se como amigos, e no ano seguinte recebeu um postal seu a dizer que tinha casado. Desde então nunca mais ouvira falar dela.

Enquanto estava em Nova Jersey, visitava o pai uma vez por ano, perto do Natal. Passavam algum tempo a pescar, a conversar, e uma vez por outra faziam uma viagem até à costa para acampar nos bancos de areia mais distantes, perto de Ocracoke.

Em Dezembro de 1941, quando tinha vinte e seis anos, começou a Guerra, tal como Goldman havia previsto. No mês seguinte, Noah entrou no escritório e informou-o da sua intenção de se alistar. Depois regressou a Nova Berna para se despedir do pai. Cinco semanas mais tarde descobriu-se na caserna. Uma vez aí, recebeu uma carta de Goldman agradecendo-lhe pelo seu trabalho, juntamente com uma cópia de um certificado dando-lhe direito a uma percentagem do depósito de sucata se alguma vez este fosse vendido. «Nunca o teria conseguido sem ti,» dizia a carta. «És o melhor jovem que alguma vez trabalhou para mim, mesmo sem seres judeu.»

Passou os três anos seguintes com o Terceiro Regimento do General Patton, marchando através dos desertos do Norte de África e das florestas da Europa com quinze quilos às costas, a sua unidade de infantaria nunca muito longe da acção. Observava os amigos a morrer à sua volta; via como alguns deles ficavam enterrados a milhares de quilómetros de casa. Uma vez, ao esconder-se numa toca de raposa junto ao Reno, imaginou que via Allie a tomar conta dele.

Recordava-se de a Guerra acabar na Europa e depois, alguns meses mais tarde, no Japão. Imediatamente antes de passar à disponibilidade, recebeu uma carta de um advogado em Nova Jersey, representando Morris Goldman. No encontro que teve com o advogado, soube que Goldman havia morrido um ano antes e que as suas propriedades tinham sido liquidadas. A empresa fora vendida, e a Noah foi entregue um cheque de quase setenta mil dólares. Estranhamente, por um motivo qualquer, ele não ficou nada entusiasmado com isso.

Na semana seguinte regressou a Nova Berna e comprou a casa. Recordava-se de mais tarde ter trazido o pai para a ver, de lhe mostrar o que ia reconstruir, indicando as mudanças que tencionava fazer. O pai parecia-lhe fraco enquanto via a casa, a tossir e espirrar. Noah ficou inquieto, mas o pai disse-lhe que não se preocupasse, assegurando-lhe que era apenas uma gripe.

Menos de um mês mais tarde o pai morreu de pneumonia e foi enterrado junto à mulher no cemitério local. Noah tentou passar por lá regularmente para deixar flores. Uma vez por outra deixava uma nota. E todas as noites sem falta guardava um momento para o recordar, depois dizia uma oração pelo homem que lhe tinha ensinado tudo o que era importante.

Depois de enrolar a linha, arrumou as ferramentas e regressou à casa. A sua vizinha, Martha Shaw, esperava-o ali para lhe agradecer, trazendo-lhe três pães caseiros e alguns biscoitos em paga do que ele fizera. O marido morrera na Guerra, deixando-a com três crianças e um estafado tugúrio como casa para os criar. O Inverno estava à porta e, na semana anterior, ele gastara uns dias na casa dela a reparar o telhado, a substituir as janelas quebradas e a vedar as outras, a arranjar-lhe o fogão a lenha. Com sorte, seria o suficiente para que sobrevivessem.

Assim que ela partiu, meteu-se no seu velho camião *Dodge* e resolveu ir visitar Gus. Parava sempre ali quando ia à loja porque a família de Gus não tinha carro. Uma das filhas saltou para a cabina e foi com ele. Fizeram as compras no supermercado de Capers. Quando regressou a casa, não desempacotou logo as mercearias. Em vez disso, tomou um duche, pegou numa cerveja *Budweiser* e num livro de Dylan Thomas, e foi sentar-se no alpendre.

A ela ainda lhe custava a acreditar, mesmo com a prova nas mãos. Havia-o descoberto no jornal, em casa dos pais há três domingos atrás. Tinha ido à cozinha buscar uma chávena de café, e quando regressou à mesa, o pai sorrira e mostrara-lhe uma pequena fotografia. «Lembras-te disto?»

Passou-lhe o jornal e, depois de um primeiro olhar desinteressado, algo na foto lhe chamou a atenção, focando mais de perto. «Não pode ser» murmurou, e quando o pai a observava com curiosidade, ignorou-o, sentou-se e leu o artigo sem falar. Lembrava-se vagamente de a mãe ter vindo sentar-se à mesa no lado oposto e de, quando por fim pôs o jornal de lado, a mãe a fixar com a mesma expressão que o pai mostrara momentos antes.

«Sentes-te bem?» perguntou a mãe por cima da chávena de café. «Pareces um pouco pálida.» Não respondeu logo de seguida. Não podia. E foi então que percebeu que tinha as mãos a tremer. Fora nessa altura que aquilo começara.

«E aqui irá acabar, de uma maneira ou de outra» murmurou outra vez. Voltou a dobrar o recorte do jornal e guardou-o, recordando-se de que, mais tarde nesse dia, tinha deixado a casa dos pais com o jornal a fim de recortar o artigo e voltar a lê-lo. Leu-o outra vez antes de ir para a cama nessa noite, tentando aprofundar a coincidência, e leu-o outra vez na manhã seguinte como que para ter a certeza de que aquilo tudo não fora um sonho. E agora, depois de três semanas de longos passeios a sós, depois de três semanas de distracção, era este o motivo pelo qual tinha vindo.

Quando lhe faziam perguntas, dizia que o seu comportamento instável se devia à tensão. Era a desculpa perfeita — toda a gente compreendia, incluindo Lon, e fora por isso que ele não protestara quando ela quis desaparecer por um par de dias. Os preparativos para o casamento eram desgastantes para todos neles envolvidos. Haviam sido convidadas quase quinhentas pessoas, incluindo o governador, um senador e o embaixador do Peru. Era gente a mais, na opinião dela, mas o noivado deles era notícia e dominara as páginas sociais desde que tinham anunciado os seus planos seis meses antes. Ocasionalmente, a ela apetecia-lhe fugir com Lon e casar-se sem aquela confusão. Mas sabia que ele não iria concordar — como bom aspirante a político que era, adorava ser o centro das atenções.

Inspirou fundo e levantou-se outra vez. «É agora ou nunca», murmurou, depois pegou nas suas coisas e foi até à porta. Fez apenas uma ligeira pausa antes de a abrir e descer as escadas. O gerente sorriu enquanto ela passava, e pôde sentir-lhe os olhos a seguirem-na enquanto saía e se dirigia até ao carro. Deslizou para trás do volante, olhou para si própria uma última vez, depois pôs o motor a trabalhar e virou à direita em direcção a Front Street.

Não se surpreendeu de ainda se saber movimentar tão bem na cidade. Apesar de não vir ali há anos, a cidade não era muito grande e orientou-se facilmente pelas ruas. Depois de atravessar o rio Trent, passando uma antiquada ponte móvel, virou para uma estrada de cascalho e iniciou a última parte da sua jornada.

Aqui a planície era muito bela, como sempre fora. Ao contrário da área de Piedmont onde ela tinha crescido, a terra era plana, mas tinha o mesmo solo fértil e sedimentoso, ideal para o algodão e para o tabaco. Estas duas culturas, além da madeira, mantinham vivas as cidades nesta parte do Estado, e enquanto conduzia ao longo da estrada já fora da cidade, viu a beleza que em primeiro lugar tinha atraído as pessoas a esta região.

Para ela, nada tinha mudado. Raios de sol esporádicos passavam através dos salgueiros e nogueiras de dez metros de altura, iluminando as cores do Outono. À esquerda, um rio cor de ferro desviava-se direito à estrada e depois afastava-se antes de dar a sua vida a um outro rio diferente, uns dois quilómetros mais adiante. A própria estrada de cascalho desenrolava o seu caminho entre as velhas quintas, anteriores à Guerra Civil, e ela sabia que, para alguns dos agricultores, a vida não mudara desde antes do tempo em que os seus avós tinham nascido. A constância do lugar trouxe-lhe de volta uma torrente de recordações, e sentiu o coração apertar-se-lhe à medida que, um a um, reconhecia os pontos de referência que há muito tempo esquecera.

O sol pendurava-se directamente sobre as árvores à esquerda e, ao fazer uma curva, passou por uma velha igreja abandonada há anos, mas ainda de pé. Tinha-a explorado naquele Verão, à procura de vestígios do tempo da Guerra Civil, e ao vê-la agora, as memórias desse dia tornaram-se mais fortes, como se tudo tivesse acontecido apenas na véspera.

Um carvalho majestoso nas margens do rio mostrou-se à vista a seguir, e as recordações tornaram-se ainda mais intensas. Parecia exactamente igual ao que fora antes, os ramos baixos e grossos a estenderem-se horizontalmente ao longo do chão, com musgo e esparto drapejado sobre os ramos como um véu. Lembrava-se de se ter sentado debaixo da árvore num quente dia de Julho com alguém que a olhava com uma nostalgia que fazia esquecer tudo o resto. E havia sido naquele momento que se tinha apaixonado pela primeira vez.

Ele era dois anos mais velho do que ela e, enquanto conduzia por esta estrada do tempo, também a imagem que guardava dele se foi lentamente tornando mais nítida. Parecia sempre mais velho do que era de facto, lembrava-se ela de ter pensado. A sua aparência era a de alguém ligeiramente desgastado, quase como um agricultor a chegar a casa depois de horas a trabalhar no campo. Tinha as mãos calejadas e os ombros largos que se desenvolvem naqueles que trabalham duramente para viver, e as primeiras rugas suaves começavam a formar-se-lhe junto aos olhos escuros que pareciam ler-lhe o mais pequeno pensamento.

Era alto e forte, com cabelo castanho-claro, e belo à sua maneira, mas era da voz dele do que ela melhor se recordava. Tinha lido para ela naquele dia; lido enquanto estavam deitados na relva debaixo da árvore, com uma entoação doce e fluente, quase musical. Era o tipo de voz que pertencia à rádio, e parecia ficar no ar enquanto lia. Lembrava-se de fechar os olhos, ouvir atentamente e deixar as palavras que ele ia lendo tocarem-lhe a alma:

Alicia-me para a névoa e para o crepúsculo.
Parto como o ar, agito as madeixas brancas ao sol fugitivo...

Folheava velhos livros, as páginas com os cantos dobrados, livros que ele lera centenas de vezes. Ficava a ler durante um certo tempo, depois parava e os dois conversavam. Ela contava-lhe o que queria fazer na vida — as suas esperanças e sonhos para o futuro — e ele ouvia atentamente e depois prometia-lhe que faria tudo tornar-se realidade. A maneira como o dizia fazia-a acreditar nele, e então sabia quanto ele significava para si. Ocasionalmente, quando lhe pedia, ele falava de si próprio, ou explicava-lhe por que é que tinha escolhido um poema em particular e o que pensava dele. Outras vezes limitava-se apenas a olhá-la daquele seu modo intenso.

Ficavam a ver o Sol a pôr-se e depois comiam juntos debaixo das estrelas. Já se estava a fazer tarde na altura, e ela sabia que os pais iriam ficar furiosos se soubessem onde estava. Nesse momento, porém, isso não lhe importava. Tudo o que podia fazer era pensar como aquele dia tinha sido especial, como ele era especial, e quando iniciaram o caminho de regresso a casa minutos mais tarde, e ele lhe pegou na mão, sentiu o modo como ele a aquecia por todo o caminho de volta.

Uma outra curva da estrada e por fim viu-a à distância. A casa tinha mudado drasticamente em relação ao que ela se recordava. Abrandou o carro ao aproximar-se, virando para o longo caminho de terra delimitado pelas árvores que conduzia à luz que a guiava desde Raleigh.

Guiou devagarinho, olhando para a casa, e inspirou fundo quando o viu no alpendre, a observar o carro. Estava vestido informalmente. À distância, parecia igual ao que fora antes. Durante um momento, quando a luz do Sol ficou por detrás dele, quase pareceu que tinha sido absorvido pelo cenário.

O carro avançou em frente, rolando devagar, depois, por fim, parou junto a um carvalho que dava sombra à frente da casa. Deu a volta à chave, nunca desviando os olhos dele, e o motor espirrou até parar.

Ele desceu do alpendre e começou a aproximar-se, andando com desenvoltura, depois deteve-se, petrificado, quando a viu sair do carro. Durante um longo tempo tudo o que conseguiam fazer era olharem-se fixamente especados.

Allison Nelson, vinte e nove anos de idade e comprometida, uma pessoa da alta sociedade, à procura de respostas que precisava de conhecer, e Noah Calhoun, o sonhador, trinta e um anos, visitado pelo fantasma que acabara por dominar a sua vida.

REENCONTRO

Nenhum deles se moveu enquanto se olhavam nos olhos.

Ele não havia dito nada, os músculos pareciam hirtos, e durante um segundo ela achou que Noah não a tinha reconhecido. Subitamente sentiu-se culpada por aparecer assim daquela maneira, sem aviso, o que tornava tudo mais difícil. De algum modo achara que ia ser fácil, que saberia o que dizer. Mas não sabia. Tudo o que lhe vinha à cabeça parecia pouco apropriado, insuficiente.

Vieram-lhe à memória pensamentos do Verão que tinham partilhado, e, enquanto o fixava, reparou quão pouco tinha mudado desde que o vira da última vez. Estava com bom aspecto, pensou. Com a camisa displicentemente enfiada numas calças de ganga desbotadas, ela podia ver os mesmos ombros largos de que se recordava, adelgaçando-se para as ancas estreitas e um estômago liso. Também estava bronzeado, como se tivesse trabalhado ao sol todo o Verão, e embora o cabelo estivesse um pouco mais fino e mais claro do que ela se lembrava, parecia igual ao que fora da primeira vez que o vira.

Quando finalmente se sentiu pronta, inspirou fundo e sorriu.

— Olá, Noah. É bom ver-te de novo.

O comentário dela surpreendeu-o e lançou-lhe um olhar divertido. Então, depois de abanar ligeiramente a cabeça, começou lentamente a sorrir.

— A ti também... — gaguejou. — Noah levou a mão ao queixo, e ela reparou que ele não tinha feito a barba. — És mesmo tu, não és? Nem consigo acreditar...

Sentiu o choque na voz dele enquanto falava e, surpreendendo-a, veio-lhe tudo de uma vez — estar aqui, a vê-lo. Sentiu qualquer coisa a mexer-se dentro de si, algo de profundo e antigo, algo que a deixou tonta só por um momento.

Recompôs-se e lutou para se controlar. Não esperava que isto acontecesse, não queria que acontecesse. Agora estava noiva. Não tinha vindo aqui para isto... No entanto...

No entanto...

No entanto, a emoção continuava apesar dos seus esforços e, por um breve momento, sentiu-se de novo com quinze anos. Sentiu-se como não se sentia há muito tempo, como se todos os seus sonhos se pudessem ainda tornar realidade.

Sentiu-se como se, finalmente, tivesse chegado a casa.

Sem mais palavras, aproximaram-se, como se fosse a coisa mais natural do mundo, e ele passou os braços à volta dela, puxando-a para si. Abraçaram-se com força, tornando aquilo real, ambos a deixar que os catorze anos de separação se dissolvessem no crepúsculo que escurecia.

Ficaram assim durante um longo tempo antes que ela finalmente o afastasse para o poder olhar. Assim de perto, podia ver as mudanças em que primeiro não tinha reparado. Agora era um homem, e a cara perdera a doçura da juventude. As rugas suaves à volta dos olhos tinham-se aprofundado e havia uma cicatriz no queixo que antes não estava ali. Havia nele uma nova dureza — parecia menos inocente, mais cauteloso — e, no entanto, a maneira como a abraçava fê-la tomar consciência de quantas saudades dele tivera desde a última vez que o vira.

Os olhos ficaram-lhe rasos de água quando, finalmente, se separaram. Riu nervosamente enquanto enxugava as lágrimas.

— Estás bem? — perguntou ele, com um milhar de outras perguntas em mente.

— Desculpa, não queria chorar...

— Não faz mal — disse ele a sorrir —, ainda não consigo acreditar que sejas tu. Como é que me encontraste?

Ela deu um passo atrás, tentando recompor-se, limpando o resto das lágrimas.

— Vi a história sobre a casa no jornal de Raleigh há umas duas semanas, e tinha que vir ver-te outra vez.

Noah abriu um sorriso largo.

— Estou contente que tenhas vindo. — Recuou apenas um pouco. — Meu Deus, estás fantástica. Ainda estás mais bonita agora do que antes.

Ela sentiu o sangue subir-lhe à cara. Exactamente como há catorze anos.

— Obrigada. Tu também estás com óptimo aspecto. — E estava, sem dúvidas. Os anos tinham sido generosos para com ele.

— Então que tens feito? O que te trouxe aqui?

As perguntas trouxeram-na para o presente, fazendo-a tomar consciência do que poderia acontecer se não fosse cuidadosa. Não deixes que isto fique fora de controlo, disse a si própria. Quanto mais tempo durar, mais difícil vai ser. E não queria que ficasse ainda mais difícil.

Mas, meu Deus, aqueles olhos, aqueles olhos castanhos tão doces.

Desviou-se e inspirou fundo, calculando como o poderia dizer e, por fim, quando começou, tinha a voz calma.

— Noah, antes que fiques com ideias erradas, eu queria ver-te outra vez, mas há mais do que isso. — Fez uma pausa de um segundo. — Vim aqui por um motivo. Tenho que te dizer uma coisa.

— Que coisa?

Desviou o olhar e não respondeu por uns instantes, surpreendida por não conseguir dizer-lhe ainda. Em silêncio, Noah sentiu uma emoção a afundar-se-lhe no estômago. O que quer que fosse, era mau.

— Não sei como o dizer. No princípio pensava que sabia, mas agora não tenho bem a certeza...

A atmosfera foi subitamente matraqueada pelo grito agudo de um guaxinim, e *Clem* saiu de debaixo do alpendre, a ladrar bruscamente. Ambos se viraram com o atropelo e Allie agradeceu a distracção.

— É teu? — perguntou.

Noah acenou afirmativamente, sentindo o aperto no estômago.

— Na verdade, é uma ela. Chama-se *Clementina*. Sim, é toda minha.

Ficaram os dois a olhar enquanto *Clem* agitava a cabeça, se espreguiçava e depois saiu a cambalear em direcção aos ruídos. Os olhos de Allie espantaram-se apenas um pouco ao vê-la coxear.

— O que é que lhe aconteceu à pata? — perguntou, tentando ganhar tempo.

— Um carro bateu-lhe aqui há uns meses. O doutor Harrison, o veterinário, chamou-me para ver se eu tomava conta dela porque o dono já não a queria. Depois de ter visto o que aconteceu, acho que não fui capaz de deixar que a abatesse.

— Sempre foste muito bom — disse-lhe, tentando descontrair-se. — Fez uma pausa e olhou para lá dele, para a casa. — Fizeste um trabalho magnífico a restaurá-la. Está perfeita, exactamente como sempre soube que viria a ficar.

Ele virou a cabeça na mesma direcção enquanto se questionava sobre o que ela lhe queria dizer e o que estaria a retê-la.

— Obrigado. És muito amável. Foi um projecto e tanto. Não sei se seria capaz de o fazer outra vez.

— É claro que serias — disse. — Sabia exactamente o que ele sentia em relação àquela casa. Mas, além disso, sabia o que ele sentia em relação a tudo; ou pelo menos, soubera há muito tempo.

E, com este pensamento, apercebeu-se como tudo tinha mudado desde então. Agora eram estranhos. Podia dizê-lo apenas por olhar para ele. Podia dizer que catorze anos de separação era muito tempo. Tempo demasiado.

— Que se passa, Allie? — Virou-se para ela, obrigando-a a encará-lo, mas ela continuava a olhar para a casa.

— Estou a ser um bocado tonta, não estou? — perguntou, tentando sorrir.

— O que é que isso quer dizer?

— Isto tudo. Aparecer assim vinda do nada, não saber o que quero dizer. Deves pensar que sou maluca.

— Não és maluca — disse-lhe docemente. — Tentou alcançar-lhe a mão, e ela deixou que pegasse nela enquanto estavam assim um junto ao outro. Ele continuou:

— Mesmo sem saber porquê, vejo que está a ser difícil para ti. Vamos dar um passeio?

— Como costumávamos dantes?

— Por que não? Acho que nos faria bem aos dois.

Ela hesitou e olhou para a porta da frente.

— Não tens que avisar ninguém?

Ele abanou a cabeça.

— Não. Não há ninguém para ser avisado. Só eu e a *Clem*.

Mesmo apesar de ter perguntado, ela suspeitara de que não haveria ninguém e lá no seu íntimo não sabia como se sentir relativamente ao assunto. Mas isso fez com que o que tinha para lhe dizer se tornasse menos fácil. Teria sido melhor se existisse outra pessoa.

Começaram a andar em direcção ao rio e entraram por um carreiro junto à margem. Ela soltou a mão dele, surpreendendo-o, e continuou a andar deixando uma distância mínima entre ambos de modo a que não se pudessem tocar.

Noah olhou para ela. Ainda era muito bonita, com o cabelo espesso e os olhos doces, e andava com tanta elegância que parecia que deslizava. Já tinha visto mulheres bonitas antes, mulheres que lhe captavam o olhar, mas na sua mente, por norma, faltavam-lhes os traços que achava mais atraentes. Traços como inteligência, força de espírito, paixão, traços que inspiravam grandeza aos outros, traços que aspirava para si próprio.

Allie tinha esses traços, ele sabia, e agora, enquanto andavam, mais uma vez se apercebeu deles, latentes sob a superfície. «Um poema vivo» tinham sido sempre as palavras que lhe vinham à mente quando tentava descrevê-la aos outros.

— Há quanto tempo regressaste aqui? — perguntou quando o carreiro deu lugar a uma pequena elevação coberta de erva.

— Estou cá desde Dezembro passado. Andei a trabalhar no Norte durante algum tempo, depois passei os últimos três anos na Europa.

Virou-se para ele com olhos interrogadores.

— Em combate na Guerra?

Ele assentiu com a cabeça e ela continuou.

— Pensei que pudesses ter andado por lá. Fico contente por saber que regressaste a salvo.

— Eu também — disse ele.

— Estás contente por ter voltado para aqui?

— Sim. As minhas raízes estão aqui. É aqui que tenho de estar. — Fez uma pausa. — Mas, então e tu? — perguntou baixinho, à espera do pior.

Passou um longo momento antes que ela respondesse.

— Estou noiva.

Ele baixou os olhos quando ela o disse, sentindo-se subitamente apenas um pouco mais fraco. Então era isso. Era isto que ela tinha para lhe dizer.

— Parabéns — disse por fim, duvidando de ter parecido convincente. — E quando é o grande dia?

— De domingo a três semanas. O Lon queria casar em Novembro.

— Lon?

— Lon Hammond Jr., o meu noivo.

Ele acenou, sem surpresa. Os Hammond eram uma das famílias mais poderosas e influentes do Estado. Dinheiro do algodão. Ao contrário da do seu próprio pai, a morte de Lon Hammond Jr. tinha sido noticiada na primeira página do jornal.

— Já ouvi falar deles. O pai dele criou uma empresa poderosa. Lon ficou a substituí-lo?

Ela negou com a cabeça.

— Não, é advogado. Tem o seu próprio escritório no centro da cidade.

— Com um nome desses, deve andar muito ocupado.

— Anda. Trabalha muito.

Pareceu-lhe ter ouvido qualquer coisa no tom da sua voz, e a pergunta seguinte saiu automaticamente.

— Trata-te bem?

Allie não respondeu logo, como se estivesse a ponderar o assunto pela primeira vez. E depois:

— Sim. É um bom homem, Noah. Tu havias de gostar dele.

A voz ficou-lhe distante quando respondeu, ou pelo menos ele achou que tinha ficado. Noah imaginou se seria apenas a sua cabeça a pregar-lhe partidas.

— E o teu pai, como vai? — perguntou ela.

Noah deu dois passos antes de responder.

— Morreu no princípio deste ano, logo a seguir ao meu regresso.

— Lamento — disse ela docemente, sabendo quanto o pai significara para Noah.

Ele assentiu, e os dois caminharam em silêncio durante um momento.

Chegaram ao topo do monte e pararam. O carvalho via-se à distância, com o Sol resplandecente, por detrás. Allie conseguia sentir os olhos de Noah sobre si enquanto focava à distância.

— Há muitas recordações por aqui, Allie.

Sorriu.

— Eu sei. Vi-o quando cheguei. Lembras-te do dia que ali passámos?

— Sim — respondeu, sem adiantar mais nada.

— Costumas pensar no assunto?

— Às vezes — disse ele. — Normalmente quando ando a trabalhar por aqueles lados. Agora fica na minha propriedade.

— Compraste-o?

— Não conseguiria suportar que fosse transformado em armários de cozinha.

Riu de mansinho, sentindo-se estranhamente agradada com isso.

— Ainda lês poesia?

Ele acenou afirmativamente.

— Sim. Nunca parei. Acho que me está no sangue.

— Sabes, és o único poeta que conheci.

— Não sou poeta. Leio, mas sou incapaz de escrever um verso. Já tentei.

— Mesmo assim continuas a ser um poeta, Noah Taylor Calhoun. — A voz adoçou-se-lhe. — Ainda penso muito nisso. Foi a primeira vez que alguém me leu poesia. De facto, foi a única vez.

O comentário dela fê-los deslizar para o passado e recordar enquanto completavam o círculo em direcção à casa, seguindo um novo carreiro que passava junto à doca. À medida que o Sol ia descaindo e o céu se tornava mais alaranjado, ele perguntou:

— Então, por quanto tempo vais ficar?

— Não sei. Não muito. Talvez até amanhã ou depois.

— O teu noivo veio cá em negócios?

Ela abanou a cabeça numa negativa.

— Não, ele ainda está em Raleigh.

Noah ergueu as sobrancelhas.

— E ele sabe que estás aqui?

Ela abanou a cabeça de novo e respondeu devagar.

— Não. Disse-lhe que vinha à procura de antiguidades. Ele não iria compreender a minha vinda até aqui.

Noah ficou um pouco surpreendido com a resposta. Uma coisa era vir visitá-lo, mas outra completamente diferente era esconder a verdade ao noivo.

— Não tinhas que vir até aqui para me dizer que estavas noiva. Podias ter-me escrito, ou mesmo telefonado.

— Eu sei, mas por um motivo qualquer, tinha que o fazer pessoalmente.

— Porquê?

Ela hesitou.

— Não sei... — disse, deixando-se ficar para trás, e o modo como o disse fê-lo acreditar nela. — O cascalho ressoava sob os pés enquanto caminhavam em silêncio. Depois ele perguntou.

— Allie, tu ama-lo?

Ela respondeu automaticamente.

— Sim, amo-o.

Aquelas palavras fizeram doer. Mas de novo pensou ter ouvido qualquer coisa no tom dela, como se aquilo estivesse a dizer para se convencer a si própria. Parou e, suavemente, pôs-lhe as mãos sobre os ombros, obrigando-a a enfrentá-lo. A luz do Sol a desvanecer-se reflectia-se nos seus olhos enquanto falava.

— Se estás feliz, Allie, e se o amas, não tentarei impedir que voltes para ele. Mas se há uma parte de ti que não tem a certeza, então não o faças. Isto não é o tipo de coisa para que se vá a meio-termo.

A resposta dela saiu quase depressa de mais.

— Estou a tomar a decisão certa, Noah.

Ficou a olhá-la fixamente por um segundo, a pensar se acreditava nela. Depois assentiu com a cabeça e os dois recomeçaram a andar. Um momento depois ele disse:

— Eu não te estou a facilitar a vida, pois não?

Ela sorriu um pouco.

— Está tudo certo. Na verdade, não te posso acusar de nada.

— Lamento-o na mesma.

— Não lamentes. Não há razão para isso. Eu sou a única que deveria pedir desculpas. Talvez devesse ter escrito.

Ele abanou a cabeça.

— Para ser sincero, continuo muito contente por teres vindo. Apesar de tudo. É bom ver-te outra vez.

— Obrigada, Noah.

— Pensas que seria possível recomeçarmos outra vez?

Ela olhou para ele com curiosidade.

«Tu foste a melhor amiga que alguma vez tive, Allie. Gostava que continuássemos a ser amigos, mesmo estando tu noiva, e mesmo que seja só por uns dias. E se tentássemos assim outra vez apenas conhecermo-nos melhor um ao outro?

Allie ficou a pensar no assunto, a pensar se haveria de ficar ou partir, e decidiu que uma vez que ele sabia do noivado, provavelmente estaria tudo certo. Ou pelo menos não seria errado. Sorriu ao de leve e assentiu com a cabeça.

— Gostaria muito.

— Óptimo. E se fôssemos jantar? Conheço um sítio onde servem os melhores caranguejos da cidade.

— Parece-me bem. Onde?

— Em minha casa. Deixei as armadilhas montadas a semana toda, e vi que tinha alguns muito bons há uns dias. Importas-te?

— Não. Parece-me óptimo.

Ele sorriu e apontou por cima do ombro com o polegar.

— Óptimo. Estão na doca. Não demoro mais que uns dois minutos.

Allie ficou a observá-lo enquanto se afastava e reparou que a tensão que tinha sentido quando lhe contara do seu noivado começava a desaparecer. Fechando os olhos, passou as mãos pelos cabelos e deixou que a brisa lhe afagasse as faces. Inspirou fundo, e reteve o ar por um momento, sentindo os músculos dos ombros a descontraírem-se um pouco mais enquanto expirava. Por fim, abrindo os olhos, ficou a observar a beleza que a rodeava.

Sempre gostara de tardes como esta, tardes em que o delicado aroma das folhas de Outono andava pelo ar levado pelos suaves ventos do Sul. Gostava das árvores e dos sons que faziam. Escutá-los ajudava-a ainda mais a descontrair-se. Um pouco depois, virou-se para Noah e olhou para ele quase como o poderia fazer a um estranho.

Meu Deus, ele tinha tão bom aspecto. Mesmo depois daquele tempo todo.

Observava-o enquanto ele tentava alcançar uma corda mergulhada na água. Começou a puxá-la e, apesar do céu que escurecia,

44

viu-lhe os músculos dos braços a flectirem-se enquanto retirava a armadilha do rio. Manteve-a suspensa sobre ele durante um momento e abanou-a, deixando escapar a maior parte da água. Depois de pousar a armadilha no pontão, abriu-a e começou a retirar os caranguejos um a um, colocando-os num balde.

Então ela principiou a andar na sua direcção, ouvindo os grilos a cantar, e recordou-se de uma brincadeira de infância. Contou o número de cricris durante um minuto e somou-lhes vinte e nove. Sessenta e sete, pensou, enquanto sorria para si própria. Não sabia se estava certo, mas parecia-lhe que sim.

Enquanto ia caminhando, olhava em volta e apercebeu-se de que se tinha esquecido de como tudo aqui parecia fresco e maravilhoso. Por cima do ombro viu a casa à distância. Ele tinha deixado algumas luzes acesas, e parecia ser a única casa nas redondezas. Pelo menos a única com electricidade. Ali fora, longe dos limites da cidade, nada parecia adequado. A milhares de casas de campo ainda faltava o luxo da iluminação interior.

Chegou ao pontão e a madeira estalou debaixo dos seus pés. O som recordava-lhe o de uma caixinha enferrujada. Noah ergueu a cabeça e piscou-lhe o olho, depois voltou a tratar dos caranguejos, verificando se tinham o tamanho correcto. Ela foi até à cadeira de balanço que estava na doca e tocou-lhe, passando-lhe as mãos pelas costas. Podia imaginá-lo sentado nela, a pescar, a meditar, a ler. Era velha e estava carcomida pelas estações, áspera. Ficou a pensar quanto tempo passaria ele ali a sós, e imaginou quais seriam os seus pensamentos em alturas como essas.

— Era a cadeira do meu pai — disse ele sem olhar para cima, e ela acenou com a cabeça. Viu morcegos no céu, e as rãs tinham-se juntado aos grilos na harmonia do anoitecer.

Foi até ao outro lado da doca, com uma sensação de aperto. Um impulso tinha-a trazido até aqui, e pela primeira vez em três semanas essa sensação desaparecera. De alguma maneira precisara que Noah soubesse do seu noivado, que compreendesse, que o aceitasse — estava certa disso agora — e, enquanto pensava nele, veio-lhe a recordação de algo que tinham partilhado durante o Verão que haviam passado juntos. De cabeça baixa, começou a andar para trás e para diante, devagarinho, à procura de algo até que o encontrou

— algo gravado na madeira. *Noah ama Allie*, dentro de um coração. Gravado na doca poucos dias antes de ela se ter ido embora.

Uma brisa quebrou a quietude do ar e arrepiou-a, fazendo-a cruzar os braços. Ficou assim, olhando alternadamente para as palavras gravadas e depois para o rio, até que o ouviu chegar ao seu lado. Podia sentir a proximidade, o calor dele, enquanto falava.

— Aqui reina a paz — disse ela com voz sonhadora.

— Eu sei. Venho aqui muitas vezes só para estar junto da água. Faz sentir-me bem.

— A mim também faria, se fosse como tu.

— Anda, vamos. Os mosquitos estão a ficar violentos e estou cheio de fome.

O céu tornara-se negro, e Noah começou a andar em direcção à casa com Allie mesmo a seu lado. Os pensamentos dela deambulavam pelo silêncio e sentiu a cabeça leve, assim a caminhar pelo carreiro. Imaginava o que ele poderia estar a pensar sobre o facto de estar aqui e não tinha bem a certeza se ela própria o sabia. Quando chegaram à casa uns minutos mais tarde, *Clem* saudou-os com o focinho molhado, nos sítios errados. Noah enxotou-a, e ela foi-se embora, com o rabo entre as pernas.

Noah apontou para o carro de Allie.

— Deixaste ali alguma coisa que precises de tirar?

— Não, cheguei mais cedo e já desfiz a mala. — A voz soava-lhe diferente, como se de súbito os anos se tivessem desfeito.

— Muito bem — disse ele enquanto chegava ao alpendre das traseiras e começava a subir as escadas. — Pôs o balde à porta e depois mostrou-lhe o caminho para o interior, dirigindo-se para a cozinha. Era logo à direita, grande e cheirava a madeira nova. Os armários eram de carvalho, tal como o chão, e as janelas, largas e viradas a nascente, permitiam a entrada da luz do sol matinal. Um restauro feito com gosto, sem exageros como era costume acontecer quando casas como esta eram reconstruídas.

— Importas-te que dê uma olhadela por aqui?

— Não, vê à vontade. Já tinha feito algumas compras hoje, e ainda tenho que arrumar as mercearias.

Os olhos de ambos encontraram-se por um segundo e Allie sabia, quando lhe virou as costas, que ele continuava a observá-la enquanto deixava a cozinha. Sentiu outra vez aquele pequeno aperto lá dentro.

Deu a volta à casa durante os minutos seguintes, andando pelos quartos, reparando como tudo parecia tão bonito. Quando acabou, tornou-se-lhe difícil recordar quão degradada tinha estado. Desceu as escadas, virou para a cozinha e viu-o de perfil. Por um momento parecia de novo o rapaz de dezassete anos, e isso fê-la parar por uma fracção de segundo antes de avançar. Diabo, pensou, controla-te. Lembra-te de que agora estás noiva.

Ele estava de pé junto ao balcão da cozinha, com as portas dos armários escancaradas, sacos de mercearia vazios no chão, a assobiar baixinho. Sorriu-lhe antes de pôr mais umas latas num dos armários. Ela parou a alguns centímetros dele e encostou-se ao balcão, cruzando as pernas. Abanou a cabeça, espantada por tudo o que ele fizera.

— Está incrível, Noah! Quanto tempo é que demorou o restauro?

Ele levantou os olhos do último saco que estava a esvaziar.

— Quase um ano.

— Fizeste tudo sozinho?

Ele riu para si.

— Não. Sempre pensei que o faria quando era novo, e comecei assim. Mas era muito trabalho. Iria demorar anos e, por isso, acabei por contratar umas pessoas... de facto, uma data de pessoas. Mas mesmo com elas, havia sempre algo para fazer, e na maior parte das vezes não conseguia parar antes da meia-noite.

— Por que é que trabalhaste tanto?

Fantasmas quereria ele dizer, mas não disse.

— Não sei. Apenas queria acabar depressa, acho eu. Queres beber alguma coisa antes de eu começar a fazer o jantar?

— O que é que tens?

— Não muita coisa, na verdade. Cerveja, chá, café.

— Pode ser chá.

Ele apanhou os sacos da mercearia e guardou-os, depois foi até uma despensa ao lado da cozinha e regressou com uma lata de chá. Pegou em dois sacos de chá que pôs junto ao fogão, e encheu a chaleira. Depois de a pousar sobre o bico, acendeu um fósforo, e ela ouviu o som das chamas a ganharem vida.

— É só um minuto — disse. — Este fogão aquece muito depressa.

— Tudo bem.

Quando a chaleira assobiou, ele deitou a água em duas chávenas e passou uma a Allie.

Ela sorriu e bebeu um golinho, depois dirigiu-se para a janela.

— Aposto que a cozinha fica lindíssima quando a luz da manhã entra a brilhar por aqui adentro.

Ele concordou.

— Sim, sim. Mandei pôr janelas maiores neste lado da casa por causa disso. Até mesmo nos quartos lá em cima.

— Tenho a certeza de que os teus hóspedes hão-de apreciar isso. A não ser, é claro, que queiram ficar a dormir até tarde.

— Na verdade, ainda não tive hóspedes por cá. Desde que o meu pai morreu, não sei de facto quem deva convidar.

Pelo tom, percebeu que ele estava apenas a fazer conversa. Porém, por alguma razão, fez-lhe sentir... a solidão. Ele pareceu perceber o que ela estava a pensar, mas antes que pudesse debruçar-se sobre a questão, mudou de assunto.

— Vou buscar os caranguejos para os deixar marinar durante alguns minutos antes de os cozer — disse ele, pousando a chávena sobre o balcão. — Foi até ao armário e tirou uma panela grande com rede e tampa. Levou a panela até ao lava-loiças, deitou-lhe água, depois pousou-a no fogão.

— Posso ajudar-te em alguma coisa?

Respondeu-lhe por cima do ombro.

— Com certeza. Que tal cortar alguns legumes para a frigideira? Há muitos na gaveta do frigorífico e podes encontrar uma tigela daquele lado.

Ele aproximou-se do armário junto ao lava-loiças e ela bebeu mais um gole de chá antes de pousar a chávena sobre o balcão para ir buscar a tigela. Levou-a até ao frigorífico e encontrou alguns quiabos, *zucchini*, cebolas e cenouras no fundo da gaveta. Noah ficou ao pé dela diante da porta aberta e desviou-se para lhe dar lugar. Podia sentir o odor que ele exalava, ali junto dela — limpo, familiar, diferente — e sentiu o braço dele roçar no dela quando se inclinou para chegar ao interior do frigorífico. Retirou uma cerveja e uma garrafa de molho picante, depois regressou ao fogão.

Noah abriu a cerveja, despejou-a na água e acrescentou-lhe o picante junto com outros temperos. Depois de mexer o líquido para ter a certeza de que os pós se dissolviam, foi até à porta dos fundos buscar os caranguejos.

Parou durante um momento antes de regressar ao interior e ficou a olhar para Allie, observando-a a cortar as cenouras. Enquanto o fazia, ficou-se a imaginar por que é que ela teria vindo, especialmente agora que estava comprometida. Nada daquilo parecia fazer muito sentido.

Mas, por outro lado, Allie fora sempre de surpresas.

Sorriu para consigo, recordando-se de como ela costumava ser dantes. Fogosa, espontânea, apaixonada — como ele calculava que deveriam ser todos os artistas. E ela era definitivamente um deles. Um talento artístico como o dela era um dom. Lembrava-se de ver algumas pinturas em museus de Nova Iorque e pensar que o trabalho dela era tão bom como os que ali tinha visto.

Ela tinha-lhe dado um quadro antes de se ir embora naquele Verão. Estava pendurado por cima da lareira na sala de estar. Ela tinha-lhe chamado a pintura dos seus sonhos, e a ele parecera-lhe extremamente sensual. Quando olhava o quadro, e fazia-o muitas vezes tarde na noite, podia ver o desejo nas cores e nas linhas, e se o focasse cuidadosamente, conseguia imaginar o que ela tinha estado a pensar em cada pincelada.

Um cão ladrou à distância e Noah apercebeu-se de que tinha ficado ali junto à porta aberta durante tempo de mais. Fechou-a depressa, voltando à cozinha. Enquanto andava, interrogou-se se ela teria dado pelo tempo em que estivera ausente.

— Como vai isso? — perguntou, vendo que ela já tinha quase acabado.

— Vai bem. Já estou quase no fim. Temos mais alguma coisa para o jantar?

— Estava a pensar também em pão caseiro que tenho por aí.

— Caseiro?

— Sim, de um vizinho — disse enquanto pousava o balde no lava-loiças. — Abriu a torneira e começou a lavar os caranguejos, segurando-os debaixo de água, depois deixando-os a correr de um lado para o outro dentro da pia enquanto lavava o seguinte. Allie pegou na chávena e aproximou-se para o observar.

— Não tens medo que te mordam quando lhes pegas?

— Não. Basta agarrar-lhes assim — disse, mostrando como o fazia, e ela sorriu.

— Esqueço-me que fizeste isto a vida toda.

— Nova Berna é pequena, mas ensina-nos a fazer as coisas importantes.

Ela inclinou-se contra o balcão, ficando perto dele, e esvaziou a chávena. Quando acabou de arranjar os caranguejos ele pô-los na panela sobre o fogão. Lavou as mãos, virando-se para falar enquanto o fazia.

— Queres ir sentar-te no alpendre durante uns minutos? Gostava de os deixar de molho uma meia hora.

— Claro — disse ela.

Enxugou as mãos e foram juntos para o alpendre. Noah acendeu a luz à saída e sentou-se na cadeira de balanço mais velha, oferecendo-lhe a ela a mais nova. Quando viu que a chávena dela estava vazia, entrou por um momento e regressou com outra cheia e uma cerveja para si. Passou-lha e ela agarrou-a, bebendo um pouco antes de a pousar na mesa entre as cadeiras.

— Estavas aqui sentado quando eu cheguei, não estavas?

Respondeu enquanto se ajeitava mais confortavelmente.

— Estava. Sento-me aqui fora todas as noites. Já se tornou um hábito.

— Posso perceber porquê — disse ela olhando em volta. — Então o que é que tens feito nestes dias?

— Na verdade, não faço mais nada senão trabalhar na casa por agora. Satisfaz os meus instintos criativos.

— Como é que podes... quer dizer...

— Morris Goldman.

— Perdão?

Ele sorriu.

— O meu antigo patrão lá do Norte. O nome dele era Morris Goldman. Ofereceu-me uma participação no negócio na altura em que me alistei e morreu antes de eu regressar da Europa. Quando regressei aos Estados Unidos, os advogados dele deram-me um cheque suficientemente grande para comprar esta casa e arranjá-la.

Ela riu baixinho.

— Sempre me disseste que irias descobrir uma maneira de o fazer.

Ficaram ambos sentados em silêncio por um momento, pensando de novo no passado. Allie bebeu mais um pouco de chá.

— Lembras-te de como nos escapulimos para aqui na noite em que pela primeira vez me falaste deste lugar?

Ele acenou e Allie continuou:

— Cheguei a casa um pouco tarde nessa noite e os meus pais estavam furiosos quando por fim entrei. Ainda consigo ver o meu pai, de pé, na sala a fumar um cigarro e a minha mãe sentada no sofá a olhar fixamente em frente. Juro, parecia que tinha morrido um membro da família. Foi a primeira vez que os meus pais perceberam que eu tinha intenções sérias a teu respeito e a minha mãe teve uma grande conversa comigo mais tarde, nessa noite. Ela disse-me, *Tenho a certeza de que pensas que eu não compreendo o que estás a passar, mas compreendo. Acontece que às vezes o nosso futuro é ditado por aquilo que somos, e não por aquilo que queremos.* Lembro-me de ter ficado muito ferida quando ela disse aquilo.

— Tu contaste-me no dia seguinte. Também me feriu os sentimentos. Gostava dos teus pais, e não fazia ideia de que não gostassem de mim.

— Não era que não gostassem de ti. Eles achavam que tu não me merecias.

— Não faz muita diferença.

Havia uma certa tristeza na sua voz quando respondeu, e ela percebeu que ele tinha motivos para se sentir assim. Olhou na direcção das estrelas enquanto passava a mão pelo cabelo, puxando para trás as madeixas que lhe caíam sobre o rosto.

— Eu sei. Sempre soube. Talvez seja por isso que parece existir sempre uma distância entre a minha mãe e eu quando falamos.

— E como é que te sentes em relação ao assunto agora?

— Da mesma maneira que me senti antes. Não está certo, não é justo. Foi uma coisa terrível para uma rapariga aprender. Que o estatuto social é mais importante que os sentimentos.

Noah sorriu docemente à resposta dela, mas não disse nada.

— Tenho pensado sempre em ti desde esse Verão — disse ela.

— Tens?

— Por que acharias que não? — Parecia verdadeiramente surpreendida.

— Nunca respondeste às minhas cartas.

— Escreveste-me?

— Dúzias de cartas. Escrevi-te durante dois anos sem receber uma única resposta.

Ela abanou lentamente a cabeça antes de baixar os olhos.

— Eu não sabia... — disse por fim mansamente, e ele soube que devia ter sido a mãe dela, verificando o correio, retirando as cartas sem o conhecimento dela. Era o que sempre suspeitara, e ficou a olhar enquanto Allie chegava à mesma conclusão.

— Foi errado da parte dela fazer isso, Noah, e eu lamento que o tenha feito. Mas tenta compreender. Uma vez que eu parti, ela provavelmente pensou que seria mais fácil para mim esquecer o assunto. Nunca compreendeu quanto tu significavas para mim e, para ser sincera, nem sequer sei se ela amou o meu pai da mesma maneira que eu te amei. Na cabeça dela, estava só a tentar proteger os meus sentimentos, e provavelmente pensou que a melhor maneira de o fazer era esconder as cartas que enviaste.

— Isso não era uma decisão a ser tomada por ela — disse placidamente.

— Eu sei.

— Teria feito alguma diferença mesmo que as tivesses recebido?

— Claro. Fiquei sempre a pensar no que poderias andar a fazer.

— Não, em relação a nós os dois. Achas que teríamos conseguido ficar juntos?

Demorou um momento até que ela respondesse.

— Não sei, Noah. Na verdade, não sei, e tu também não. Não somos as mesmas pessoas que éramos então. Mudámos, crescemos. Os dois.

Fez uma pausa. Ele não respondeu e, durante o silêncio, ela olhou em direcção ao regato. Continuou:

— Mas sim, Noah, acho que teríamos. Pelo menos gostava de acreditar que teríamos ficado juntos.

Ele acenou com a cabeça, olhou para baixo e depois desviou os olhos.

— Como é que é o Lon?

Ela hesitou, não esperava a pergunta. A invocação do nome de Lon trouxe-lhe um ligeiro sentimento de culpa à superfície, e por um momento não sabia como responder. Pegou na chávena, bebeu outro gole de chá, e ficou a ouvir enquanto um pica-pau martelava à distância. Falou devagar.

— Lon é bonito, encantador, um homem de sucesso, e a maioria das minhas amigas estão roídas de ciúmes. Acham que ele é perfeito, e em muitos aspectos até é. É carinhoso comigo, faz-me rir e eu sei que me ama à sua maneira. — Fez uma pausa durante um momento, reunindo os pensamentos. — Mas irá sempre faltar qualquer coisa na nossa relação.

Surpreendeu-se a si própria com aquela saída, mas sabia que apesar de tudo era verdade. E também sabia, ao olhar para ele, que Noah já tinha suspeitado de qual seria a resposta.

— Porquê?

Ela fez um sorriso débil e encolheu os ombros quando voltou a responder. A voz saiu-lhe pouco mais alta que um sussurro.

— Acho que ainda procuro um amor como o que tivemos naquele Verão.

Noah ficou a pensar durante um largo momento no que ela tinha dito, recordando as relações que tivera desde a última vez que a vira.

— E quanto a ti? — perguntou ela. — Voltaste a pensar em nós?

— Pensava em nós o tempo todo. Ainda penso.

— Andas com alguém?

— Não — respondeu ele, abanando a cabeça.

Ambos pareciam estar a reflectir sobre o assunto, tentando (mas achando impossível) desviá-lo das suas mentes. Noah acabou a cerveja, surpreendido por tê-la esvaziado tão depressa.

— Vou acender o lume para a água. Queres alguma coisa?

Ela recusou com um aceno de cabeça. Noah foi até à cozinha, pôs os caranguejos na panela e o pão no forno. Pegou num pouco de farinha e fécula de milho para os legumes, panou-os e deitou um pouco de gordura na frigideira. Depois de baixar o lume, ligou o temporizador e tirou outra cerveja do frigorífico antes de regressar ao alpendre. E enquanto fazia estas coisas, pensava em Allie e no amor que andava ausente das vidas de ambos.

Também Allie pensava. Em Noah, em si própria, numa quantidade de coisas. Por um momento desejou não estar noiva, mas rapidamente se amaldiçoou. Não era Noah quem ela amava — ela amava o que eles tinham sido uma vez. Além disso, era normal sentir-se assim. Fora o seu primeiro amor verdadeiro, o único homem com quem alguma vez estivera — como podia esperar esquecê-lo?

Porém, era normal sentir o estômago a contrair-se de cada vez que ele chegava perto de si? Era normal confessar-lhe coisas que nunca poderia dizer a mais ninguém? Era normal vir aqui a três semanas do dia do seu casamento?

«Não, não é», murmurou para si própria enquanto olhava o céu nocturno. «Não há nada de normal em tudo isto.»

Noah saiu naquele exacto momento e ela sorriu-lhe, contente por ele ter regressado e não ter que continuar a pensar mais naquilo tudo.

— Ainda vai demorar uns minutos — disse ele enquanto voltava a sentar-se.

— Não faz mal. Ainda não estou com fome.

Então olhou-a, e ela viu-lhe a ternura nos olhos.

— Fico contente por teres vindo, Allie — disse.

— Eu também. E estive quase para não vir.

— Por que vieste?

Fui obrigada a isso, queria ela dizer, mas calou-se.

— Só para te ver, para descobrir o que tens andado a fazer. Para ver como estás.

Ele ficou na dúvida se seria apenas isso, mas não quis aprofundar a questão. Em vez disso, mudou de assunto.

— É verdade, tenho andado para te perguntar, ainda pintas?

Ela abanou a cabeça.

— Já não.

Ficou espantado.

— Por que não? Tens tanto talento.

— Não sei...

— É claro que tens. Paraste por um motivo qualquer.

Estava certo. Ela tinha um motivo.

— É uma história muito comprida.

— Tenho a noite toda — respondeu.

— Acreditavas mesmo que eu tinha talento?

— Anda — disse ele, pegando-lhe na mão —, quero mostrar-te uma coisa.

Ela levantou-se e seguiu-o através da porta até à sala. Ele parou diante da lareira e apontou para a pintura que estava pendurada por cima. Allie arquejou, surpreendida por não ter reparado antes na pintura, mais surpreendida ainda por estar ali.

— Guardaste-a?

— É claro que a guardei. É maravilhosa.

Ela lançou-lhe um olhar céptico e ele explicou.

— Faz-me sentir vivo quando olho para ela. Às vezes tenho que me levantar para lhe tocar. É demasiado real: as formas, as sombras, as cores. Outras vezes até sonho com ela. É incrível, Allie, consigo ficar a olhar para a pintura horas sem fim.

— Mas... estás a falar a sério?! — perguntou, espantada.

— O mais sério que alguma vez falei.

Ela não disse nada.

— Queres dizer que nunca ninguém te disse isto antes?

— Um dos meus professores disse-me — respondeu por fim —, mas acho que não acreditei nele.

Noah sabia que havia outras coisas por detrás daquilo. Allie olhou para o lado antes de continuar.

— Eu desenhava e pintava desde criança. Acho que quando fiquei um bocadinho mais crescida comecei a pensar que era boa naquilo. Também me dava gozo. Lembro-me de trabalhar nesse quadro naquele Verão acrescentando-lhe um bocadinho mais todos os dias, transformando-o à medida que a nossa relação evoluía. Nem sequer me lembro de como começou, ou do que é que eu queria fazer, mas de alguma maneira evoluiu até se tornar nisto. Recordo-me de ser incapaz de parar de pintar depois de ter regressado a casa nesse Verão. Penso que era a minha maneira de evitar a dor que estava a sentir. De qualquer modo, acabei por me formar em Arte na faculdade porque era uma coisa que eu tinha de fazer; lembro-me de passar horas no ateliê sozinha e desfrutar de cada minuto. Adorava a liberdade que sentia quando criava, o modo como me fazia sentir por dentro o estar a fazer qualquer coisa de belo. Logo antes de me formar, o meu professor, que também era crítico num jornal, disse-me que eu tinha muito talento. Disse que eu devia tentar a sorte como artista. Mas não lhe dei ouvidos.

Parou aqui, reunindo os pensamentos.

— Os meus pais não achavam que fosse adequado para alguém como eu pintar para viver. Parei pouco depois. Há anos que não toco num pincel.

Ela olhou espacada para a pintura.

— Achas que podes voltar a pintar?

— Não tenho a certeza se ainda sou capaz. Passou muito tempo.

— Ainda o podes fazer, Allie. Sei que podes. Tens um talento que vem de dentro de ti, do teu coração, não dos dedos. O que tu tens nunca poderá desaparecer. É aquilo que os outros apenas sonham alguma vez vir a ter. És uma artista, Allie.

As palavras foram ditas com tanta sinceridade que Allie sabia que ele não as estava a dizer apenas para ser simpático. Acreditava realmente nas suas capacidades, e por um motivo qualquer que era mais importante para ela do que seria de esperar. Mas outra coisa aconteceu então, algo de ainda mais poderoso.

Por que razão aconteceu, nunca o soube, mas foi aqui que o abismo se começou a fechar para Allie, o abismo que ela tinha aberto na sua vida a separar a dor do prazer. E então suspeitou, talvez não conscientemente, que nisto estavam envolvidas mais coisas do que alguma vez pudera admitir.

Mas nesse momento ainda não tomara completamente consciência do assunto, e virou-se para o encarar. Estendeu o braço e tocou na mão dele, hesitante, suavemente, encantada por ao fim de todos estes anos, de alguma maneira, ele saber exactamente o que ela precisava de ouvir. Quando os olhos de ambos se encontraram, ela apercebeu-se de novo de como ele era tão especial.

E, por uma fracção de segundo apenas, uma faúlha pequenina do tempo, que se suspende no ar como pirilampos nos céus de Verão, ela perguntou-se se não estaria outra vez apaixonada por ele.

O temporizador soou na cozinha, um pequeno *ding*, e Noah virou-se, quebrando o momento, estranhamente afectado por aquilo que tinha acabado de acontecer entre eles. Os olhos dela tinham-lhe dito e murmurado qualquer coisa que ele ansiava por ouvir, porém não conseguia esquecer as palavras que lhe soavam dentro da cabeça, palavras que lhe revelavam o seu amor por outro homem. Silenciosamente, amaldiçoou o temporizador enquanto se dirigia à cozinha e retirava o pão do forno. Quase queimou os dedos, deixou cair o pão no balcão e viu que a frigideira estava pronta. Adicionou-lhe os legumes e ouviu-os começarem a estalar. Depois, murmurando para consigo, retirou a manteiga do frigorífico, espalhou alguma sobre o pão, e derreteu um pouco mais para os caranguejos.

Allie tinha-o seguido até à cozinha e pigarreou.

— Posso pôr a mesa?

Noah usou a faca do pão como um ponteiro.

— Claro, os pratos estão ali. Põe bastantes; os caranguejos têm muita casca, por isso vamos precisar deles. — Não conseguia olhar para ela enquanto falava. Não queria tomar consciência de que se tinha enganado quanto ao que acabara de acontecer entre eles. Não queria que tivesse sido um equívoco.

Também Allie estava a matutar naquele momento e a sentir o calor da emoção enquanto pensava nele. As palavras que ele dissera ecoavam-lhe na cabeça enquanto procurava tudo o que precisava para pôr a mesa: pratos, guardanapos, sal e pimenta. Noah passou-lhe o pão quando ela já tinha tudo colocado, e os dedos de ambos tocaram-se fugazmente.

Ele reconduziu a atenção para a frigideira e virou os legumes. Levantou a tampa da panela, viu que os caranguejos ainda precisavam de um minuto e deixou-os cozer um pouco mais. Agora já estava mais recomposto e regressou à tagarelice superficial, conversa fácil.

— Já comeste caranguejos antes?

— Algumas vezes. Mas só em salada.

Ele riu.

— Então prepara-te para uma aventura. Espera um segundo. — Desapareceu escadas acima por um momento, depois regressou com uma camisa azul-marinho. Estendeu-a aberta para ela.

— Toma, veste isto. Não quero que sujes o teu vestido.

Allie vestiu-a e cheirou o perfume que se evolava da camisa — o cheiro dele, particular, natural.

— Não te preocupes — disse-lhe, vendo a sua expressão. — Está limpa.

Ela riu. — Eu sei. Só que me faz recordar o nosso primeiro encontro. Nessa noite deste-me o teu casaco, lembras-te?

Ele acenou com a cabeça.

— Sim, lembro-me. Fin e Sarah estavam connosco. O Fin passou o caminho todo de regresso a casa dos teus pais a dar-me cotoveladas, para ver se eu te pegava na mão.

— Mas tu não pegaste.

— Não — respondeu ele, abanando a cabeça.

— Não porquê?

— Tímido, talvez, ou estava com medo. Não sei. Não me pareceu que fosse a coisa certa a fazer naquele momento.

— Pensando bem nisso, eras um pouco tímido, não eras?

— Prefiro as palavras *confiança tranquila* — respondeu com uma piscadela, e ela sorriu.

Os legumes e os caranguejos ficaram prontos quase ao mesmo tempo.

— Tem cuidado que estão quentes — disse ele enquanto lhos passava, e sentaram-se em frente um do outro na pequena mesa de madeira. Em seguida, apercebendo-se de que o chá ainda estava no balcão, Allie levantou-se e trouxe-o para a mesa. Depois de porem alguns legumes e pão nos pratos, Noah adicionou-lhes um caranguejo, e Allie ficou um momento sentada a olhá-lo.

— Parece um escaravelho.

— Mas é um bom escaravelho — disse ele. — Espera, deixa-me mostrar-te como se come.

Fez a demonstração rapidamente, fazendo com que parecesse fácil, retirando-lhe a carne da casca e pondo-a no prato dela.

Na primeira e na segunda vez, Allie esmagou as patas com demasiada força e teve que usar os dedos para remover as cascas da carne. De início sentia-se desajeitada, preocupada por ele estar a observar cada um dos seus erros, mas depois apercebeu-se da sua própria insegurança. Ele não se preocupava com coisas como esta. Nunca se preocupara.

— Então o que aconteceu a Fin? — perguntou ela.

Ele levou um segundo a responder.

— Fin morreu na Guerra. O contratorpedeiro dele foi torpedeado, em 43.

— Lamento — disse ela —, sei que era um bom amigo teu.

A voz dele mudou, um pouco mais grave agora.

— E era. Penso sempre muito nele. Lembro-me em particular da última vez que o vi. Eu tinha vindo despedir-me antes de me alistar, e encontrámo-nos outra vez. Era bancário aqui, como o fora o pai dele, e passámos muito tempo juntos durante a semana seguinte. Às vezes acho que fui eu quem o convenci a alistar-se. Não penso que ele o teria feito, a não ser porque eu também ia.

— Isso não é justo — disse ela, triste por ter tocado no assunto.

— Tens razão. Só que sinto a falta dele, e é tudo.

— Eu também gostava dele. Fazia-me rir.

— Sempre foi bom nisso.

Ela olhou-o de soslaio.

— Ele tinha um fraquinho por mim, sabias?

— Sabia. Ele contou-me.

— Contou? O que é que ele disse?

Noah encolheu os ombros.

— O que era habitual nele. Que tinha tido que te afastar com um pau. Que tu andavas sempre atrás dele, esse tipo de coisas.

Ela riu de mansinho.

— Acreditaste nele?

— Claro — respondeu —, por que não havia de acreditar?

— Vocês os homens protegem-se sempre uns aos outros — disse ela enquanto esticava o braço por cima da mesa, espetando-lhe um dedo no braço. Continuou:

— Então, conta-me tudo o que andaste a fazer desde que te vi da última vez.

Começaram então a falar, a tentar compensar o tempo perdido. Noah falou da sua saída de Nova Berna, do trabalho no estaleiro e no depósito de sucata em Nova Jersey. Falou com emoção de Morris

Goldman e tocou ao de leve na Guerra Mundial, evitando a maioria dos pormenores, e contou-lhe sobre o pai e quanto sentia saudades dele. Allie contou-lhe sobre a ida para a faculdade, a pintura, e as horas que passara como voluntária no hospital. Falou da família e dos amigos e das obras de caridade em que se envolvera. Nenhum deles trouxe à baila alguém com quem tivesse saído desde a última vez em que se tinham visto. Até Lon foi ignorado, e embora ambos tivessem dado pela omissão, nenhum o mencionou.

Depois Allie tentou recordar-se da última vez em que ela e Lon tinham conversado desta maneira. Embora ele fosse um bom ouvinte e raramente discutissem, não era o tipo de homem com quem se falasse assim. Tal como o pai dela, não se sentia à vontade para partilhar os seus pensamentos e sentimentos. Ela tentara explicar--lhe que precisava de se sentir mais próxima dele, mas isso nunca parecera ter feito qualquer diferença.

Mas sentada aqui, agora, ela apercebia-se do que lhe tinha andado a fazer falta.

O céu ficou mais escuro e a Lua ergueu-se mais alto à medida que a noite avançava. E sem que nenhum dos dois tivesse dado por isso, começaram a reconquistar a intimidade, o laço de familiaridade que antes tinham partilhado.

Acabaram o jantar, ambos satisfeitos com a refeição, e nenhum falando muito agora. Noah olhou para o relógio e viu que se estava a fazer tarde. As estrelas brilhavam no seu esplendor, os grilos estavam um pouco mais silenciosos. Gostara de falar com Allie e perguntava-se se não teria falado de mais, interrogava-se sobre o que pensaria da sua vida, esperando que de alguma maneira tivesse feito uma pequena diferença, se fosse possível.

Noah levantou-se e voltou a encher a chaleira. Trouxeram ambos os pratos para o lava-loiças e levantaram a mesa. Ele deitou água em mais duas chávenas, e pôs um pacote de chá em cada uma.

— E que tal voltarmos para o alpendre? — perguntou, passando-lhe a chávena, e ela concordou, mostrando o caminho. Ele agarrou numa manta para o caso de Allie ficar com frio, e em breve tinham retomado de novo os seus lugares, ela com a manta sobre as pernas, as cadeiras a balançar. Noah observava-a pelo canto do olho. Meu Deus, ela é lindíssima, pensou. E por dentro, ficou a doer.

Porque algo tinha acontecido durante o jantar.

Muito simplesmente, tinha-se apaixonado outra vez. Soube isso naquele momento, enquanto estavam sentados um junto ao outro. Ficara apaixonado pela nova Allie, não apenas pela recordação dela.

Mas, de facto, nunca deixara de estar apaixonado por ela e isto, ele apercebera-se, era o seu destino.

— Está uma noite magnífica — disse, com a voz agora mais doce.

— Sim, está — confirmou ela —, uma noite maravilhosa.

Noah virou-se para as estrelas, as luzes a tremeluzir recordando--lhe que em breve ela partiria, e sentiu-se quase vazio por dentro. Esta era uma noite que ele queria que nunca terminasse. Como é que lho poderia dizer? O que é que ele poderia dizer que a fizesse ficar?

Não sabia. E assim tomou a decisão de não dizer nada. E apercebeu-se então de que tinha falhado.

As cadeiras de balanço moviam-se a um ritmo calmo. De novo os morcegos, sobre o rio. Traças a beijar a luz do alpendre. Algures, ele sabia, havia pessoas a fazer amor.

— Fala comigo — disse ela por fim, com um tom de voz sensual. Ou era a cabeça dele a pregar-lhe partidas?

— O que queres que diga?

— Fala como costumavas falar comigo debaixo do carvalho.

E ele falou, a recitar passagens antigas, celebrando a noite. Whitman e Dylan Thomas, porque gostava muito das imagens. Tennyson e Browning, porque os temas lhe pareciam tão familiares.

Ela descansou a cabeça de encontro às costas da cadeira, fechando os olhos, ficando apenas um pouco mais emocionada na altura em que ele acabava. Não eram apenas os poemas, ou a voz dele que a emocionavam. Era tudo aquilo, a totalidade maior que a soma das partes. Nem tentava interpretá-los, não queria, porque não tinham sido feitos para serem ouvidos daquela maneira. A poesia, pensou ela, não fora escrita para ser analisada — fora feita para inspirar sem motivo, para emocionar sem entendimento.

Por causa dele, fora assistir a alguma sessões de leitura de poesia organizadas pelo departamento de inglês enquanto estava na faculdade. Tinha ficado sentada a ouvir pessoas diferentes, poemas diferentes, mas depressa desistira, desencorajada porque nenhuma a inspirava ou parecia tão inspirada como os verdadeiros amantes de poesia deveriam ser.

Ficaram a balançar-se nas cadeiras durante algum tempo, a beber chá, sentados em silêncio, deixando os pensamentos divagar. O impulso que a trouxera até ali já tinha desaparecido — e ela estava contente por isso —, mas preocupava-se com os sentimentos que o tinham substituído, a agitação que tinha começado a cirandar e redemoinhar nos seus poros como poeira de ouro em vasilhas dos garimpeiros. Ela tinha tentado negá-los, esconder-se deles, mas agora apercebia-se de que não queria que parassem. Há anos que não se sentia assim.

Lon não era capaz de evocar nela aqueles sentimentos. Nunca o conseguira e provavelmente nunca o conseguiria. Talvez fosse por isso que ela nunca tinha ido para a cama com ele. Ele já havia tentado antes, muitas vezes, usando tudo desde flores a sentimento de culpa, e ela usara sempre a desculpa de que queria esperar até ao casamento. Ele aceitava-a bem, normalmente, e ela por vezes perguntava-se até que ponto ele ficaria ferido se alguma vez descobrisse o que se passara com Noah.

Mas havia outra coisa que a fazia querer esperar, e tinha que ver com o próprio Lon. A sua motivação era o trabalho, que sempre recebera a maior parte das suas atenções. O trabalho vinha em primeiro lugar, e para ele não havia tempo para poemas ou noites perdidas em cadeiras de balanço nos alpendres. Allie sabia que era por este motivo que ele tinha tanto sucesso, e parte dela respeitava-o por isso. Mas também tinha a sensação de que não lhe bastava. Ela queria outra coisa, algo de diferente, algo mais. Paixão e romance, talvez, ou talvez conversas calmas em salas iluminadas à luz das velas, ou talvez qualquer coisa tão simples como não vir em segundo lugar.

Noah, igualmente, andava a cirandar pelos seus pensamentos. Para ele, a noite seria recordada como um dos momentos mais especiais que alguma vez vivera. Enquanto se balançava na cadeira, lembrava-se de tudo em pormenor, depois recordava tudo outra vez. Tudo o que ela tinha feito parecia-lhe de alguma maneira eléctrico, carregado.

Agora, sentado ao seu lado, perguntava-se se ela alguma vez teria sonhado as mesmas coisas que ele sonhara nos anos em que tinham

estado separados. Alguma vez ela sonhara com eles de novo abraça-
dos e a beijarem-se sob o aprazível luar? Ou teria ela ido mais longe
e sonhado com os seus corpos nus, que tinham sido mantidos
separados tempo de mais...

Olhou para as estrelas e recordou-se dos milhares de noites vazias
que tinha passado desde que se tinham visto pela última vez. Vê-la
de novo trouxera-lhe todos aqueles sentimentos à superfície, e descobriu que era impossível reprimi-los de novo. Soube então que
queria outra vez fazer amor com ela e receber o amor dela. Era do
que mais precisava no mundo.

Mas também se apercebeu de que nunca mais poderia ser assim.
Agora que ela estava noiva.

Allie percebeu pelo silêncio dele que Noah estava a pensar nela e
descobriu que isso lhe dava imenso prazer. Não sabia exactamente
quais eram os pensamentos dele, nem sequer lhe interessava, só
sabia que eram sobre si, e isso bastava-lhe.

Pensou na conversa que tinham tido ao jantar e questionou-se
sobre a solidão. Por algum motivo, não o conseguia imaginar a ler
poesia a outra pessoa, ou sequer a partilhar os seus sonhos com
outra mulher. Isso não parecia ser próprio dele. Ou isso, ou não o
queria acreditar.

Pousou a chávena, depois passou as mãos pelos cabelos, fechando
os olhos ao mesmo tempo.

— Estás cansada? — perguntou ele, libertando-se por fim dos
seus pensamentos.

— Um bocadinho. Na verdade, são horas de me ir embora.

— Eu sei — disse ele, acenando, num tom neutro.

Ela não se levantou imediatamente. Em vez disso, pegou na
chávena e bebeu o último gole de chá, sentindo-o aquecer-lhe a
garganta. Observou a noite. A Lua mais alta agora, vento nas
árvores, a temperatura a baixar.

Em seguida olhou para Noah. A cicatriz na cara dele era visível de lado. Perguntou-se se teria acontecido durante a Guerra, e
depois interrogou-se se ele alguma vez teria sido mesmo ferido.
Ele não o referira e ela não perguntara, em grande parte porque
não queria imaginá-lo a ser ferido.

— Tenho de ir — disse por fim, devolvendo-lhe a manta.

Noah assentiu com a cabeça, depois levantou-se sem uma palavra. Pegou na manta, e os dois foram a andar até ao carro dela enquanto as folhas caídas estalavam debaixo dos seus pés. Allie começou a tirar a camisa que ele lhe emprestara enquanto ele abria a porta, mas Noah fê-la parar.

— Fica com ela — disse. — Quero que fiques com ela.

Ela não perguntou porquê, porque também ela queria ficar com a camisa. Ajustou-a e cruzou os braços depois para se proteger do frio. Por algum motivo, ali de pé, veio-lhe à memória um momento em que estava de pé no alpendre da sua casa à espera de um beijo depois de um baile do liceu.

— Diverti-me imenso esta noite — disse ele. — Obrigado por me procurares.

— Eu também — respondeu ela.

Noah chamou a si toda a sua coragem.

— Volto a ver-te amanhã?

Uma pergunta simples. Ela sabia qual devia ser a resposta, especialmente se quisesse manter a sua vida também simples. «Acho que não devíamos» era tudo o que tinha que dizer, e tudo terminaria ali e agora. Mas por um segundo não disse nada.

O demónio da escolha confrontou-a então, provocou-a, desafiou-a. Por que é que ela não o podia dizer? Não sabia. Mas no momento em que o olhou nos olhos para descobrir a resposta de que precisava, viu o homem por quem uma vez se tinha apaixonado, e de repente tudo ficou claro.

— Gostaria de vir.

Noah ficou surpreendido. Não esperava que ela respondesse assim. Quis tocá-la nesse momento, abraçá-la, mas não o fez.

— Podes estar aqui pelo meio-dia?

— Claro. O que é que queres fazer?

— Vais ver — respondeu ele. — Sei exactamente o sítio onde temos que ir.

— Já alguma vez lá estive?

— Não, mas é um lugar especial.

— Onde é?

— É uma surpresa.

— Vou gostar?

— Vais adorar — assegurou-lhe.

Ela virou-se antes que ele pudesse tentar beijá-la. Não sabia se ele iria tentar, mas sabia por alguma razão que se ele o fizesse, ia ser-lhe muito difícil obrigá-lo a parar. E não conseguia lidar com isso neste momento, com tudo o que lhe passava pela cabeça. Colocou-se atrás do volante, deixando escapar um suspiro de alívio. Ele fechou-lhe a porta, e ela ligou o motor. Enquanto o carro aquecia, baixou o vidro apenas um bocadinho.

— Até amanhã — disse, com os olhos a reflectirem o luar.

Noah acenou enquanto ela saía com o carro em marcha atrás. Deu meia volta, e depois guiou pelo campo acima, de frente em direcção à cidade. Ele ficou a observar o carro até que as luzes desapareceram por detrás de carvalhos longínquos e o ruído esmoreceu. *Clem* coxeou até junto dele e ele agachou-se para lhe fazer festas, dando especial atenção ao pescoço, coçando-lhe o ponto que ela já não podia alcançar. Depois de ter olhado para a estrada uma última vez, regressou ao alpendre com a cadela a seu lado.

Sentou-se outra vez na cadeira de balanço, agora sozinho, tentando de novo aprofundar a noite que acabara de passar. A pensar nela. A repeti-la. A ver tudo de novo. A ouvir tudo de novo. A passar cada cena em câmara lenta. Não lhe apetecia tocar viola agora, não lhe apetecia ler. Não sabia o que sentia.

«Ela está noiva», murmurou por fim, e depois ficou em silêncio durante horas, a cadeira de balanço a fazer o único ruído audível. A noite agora estava silenciosa, com pouca actividade a não ser por parte de *Clem*, que se aproximava dele ocasionalmente, como se a perguntar «Estás bem?».

E algum tempo depois da meia-noite nesse límpido serão de Outono, tudo emergiu de dentro de si e Noah foi avassalado pela saudade. E se alguém o tivesse observado, teria visto que parecia um velho, alguém que tinha envelhecido uma vida em apenas algumas horas. Alguém curvado na sua cadeira de balanço com a cara nas mãos e lágrimas nos olhos.

Não sabia como evitá-las.

TELEFONEMAS

Lon pousou o auscultador do telefone.

Tinha-lhe telefonado às sete, depois às oito e meia, e agora confirmou outra vez pelo relógio. Nove e quarenta e cinco.

Por onde é que ela andava?

Sabia que ela estava no sítio onde disse que iria estar, porque já falara antes com o gerente. Sim, ela tinha chegado e ele tinha-a visto pela última vez por volta das seis. Deve ter saído para jantar, pensou ele. Não, não a tinha visto desde então.

Lon abanou a cabeça e recostou-se para trás na cadeira. Era o último no escritório, como de costume, e tudo estava silencioso. Mas isso era normal a meio de um julgamento, mesmo se o julgamento estivesse a correr bem. O Direito era a sua paixão, e as horas tardias a sós davam-lhe a oportunidade de pôr o trabalho em dia sem interrupções.

Sabia que ia ganhar a causa porque dominava a lei e seduzia os jurados. Sempre o tinha feito, e as perdas de processos eram agora pouco frequentes. Parte disso vinha do facto de ser capaz de escolher os casos que seria capaz de vir a ganhar. Já alcançara esse nível no exercício da sua profissão. Só alguns poucos eleitos tinham atingido essa dimensão na cidade, e os seus vencimentos reflectiam-no.

Mas a parte mais importante do seu sucesso resultava do trabalho árduo. Sempre dera atenção aos pormenores, especialmente quando tinha começado a exercer. Coisas pequeninas, coisas obscuras, e agora tornara-se num hábito. Quer se tratasse de um caso de lei ou de apresentação, era diligente no seu estudo, o que lhe tinha feito ganhar alguns casos em início de carreira quando se esperava que perdesse.

E agora, um pequeno pormenor aborrecia-o.

Não era sobre o caso. Não, aí corria tudo bem. Era outra coisa. Qualquer coisa relacionada com Allie.

Mas, raios! Não conseguia detectá-la. Ele estava bem quando ela partira naquela manhã. Pelo menos achava que estava. Todavia, pouco depois do telefonema dela, talvez uma hora ou mais depois, algo fez clique dentro da sua cabeça. O pequeno pormenor.

Pormenor.

Alguma coisa insignificante? Alguma coisa importante?

Pensa... pensa... Raios, o que seria?

Na sua mente fez-se um clique.

Qualquer coisa... qualquer coisa... *que fora dita?*

Qualquer coisa que fora dita? Sim, era isso. Sabia-o. Mas o quê? Fora qualquer coisa que Allie dissera ao telefone? Teria sido essa a origem? Repassou a conversa toda outra vez. Não, nada fora do normal.

Mas era isso, agora ele tinha a certeza.

O que é que ela tinha dito?

A viagem correra bem, tinha-se registado no hotel, tinha feito algumas compras. Deixou o número. E foi tudo.

Então pensou nela. Amava-a, tinha a certeza disso. Não só era bela e encantadora, mas conseguira tornar-se na fonte da sua estabilidade e também na sua melhor amiga. Depois de um dia difícil no trabalho, era a primeira pessoa a quem ele telefonava. Ficava a ouvi-lo, ria nos momentos certos e tinha um sexto sentido quanto àquilo de que ele precisava de ouvir.

Mais do que isso, admirava a maneira como ela sempre dizia o que pensava. Lembrava-se de que, depois de terem saído juntos algumas vezes, ele lhe dissera o que costumava dizer a todas as mulheres com quem saía — que não estava preparado para uma relação fixa. Porém, ao contrário das outras, Allie apenas acenou com a cabeça e disse: «Está bem.» No entanto, a caminho da porta, virou-se e acrescentou: «Mas o teu problema não sou eu, ou o teu trabalho, ou a tua liberdade, ou o que quer que tu penses que é. O teu problema é que estás só. E o teu pai tornou famoso o nome de

Hammond, e provavelmente têm-te comparado com ele toda a tua vida. Nunca foste tu próprio. Uma vida que te faz ficar vazio por dentro e andas à procura de alguém que, por artes mágicas, encha esse vazio. Mas ninguém pode fazer isso senão tu próprio.»

As palavras ficaram com ele nessa noite e soaram-lhe a verdadeiras na manhã seguinte. Voltou a telefonar-lhe, pediu-lhe uma segunda oportunidade e, depois de alguma insistência, ela acedeu com relutância.

Durante os quatro anos em que namoraram, ela tinha-se tornado em tudo o que ele sempre desejara e sabia que deveria passar mais tempo com ela. Mas a advocacia tornava-lhe impossível limitar as horas de trabalho. Ela havia sempre compreendido mas, mesmo assim, ele amaldiçoava-se por não arranjar tempo. Logo que estivesse casado, iria reduzir as horas de trabalho, prometia a si próprio. Faria com que a secretária controlasse os registos na agenda dele para ter a certeza de que não iria demorar-se...

Registos?...

E na sua cabeça fez clique outro dado.

Registo... registar... *registar no hotel?*

Olhou para o tecto. Registar no hotel?

Sim, era isso. Fechou os olhos e pensou durante um segundo. Não. Nada. Então o quê?

Vá lá, não falhes agora. Pensa, raios, pensa.

Nova Berna.

A ideia estalou-lhe na cabeça no momento. Sim, Nova Berna. Era isso. O pequeno pormenor, ou parte dele. Então e que mais?

Nova Berna, pensou outra vez e conhecia o nome. Conhecia um pouco a cidade, em grande parte por causa de alguns julgamentos em que tinha participado. Parara ali umas poucas de vezes a caminho da costa. Nada de especial. Ele e Allie nunca lá tinham ido juntos.

Mas Allie já lá tinha estado antes...

E um novo dado surgiu.

Outro dado... mas havia mais...

Allie, Nova Berna... e... e... qualquer coisa numa festa. Um comentário que ouvira ao passar. Feito pela mãe de Allie. Quase nem havia reparado nele. Mas o que é que ela tinha dito?

E Lon empalideceu então, ao recordar. Ao recordar o que fora dito há tanto tempo. Ao recordar o que a mãe de Allie dissera.

Era qualquer coisa acerca de Allie uma vez ter estado apaixonada por um rapaz de Nova Berna. Chamou-lhe uma paixoneta infantil. E depois?, tinha ele pensado quando a ouviu, e virara-se para sorrir a Allie.

Mas ela não retribuíra o sorriso. Ficara zangada. E então Lon adivinhou que ela tinha amado aquela pessoa muito mais profundamente do que a mãe sugerira. Talvez até mais profundamente do que o amava a ele.

E agora ela estava lá. Interessante.

Lon juntou as palmas das mãos, como se estivesse a rezar, descansando-as de encontro aos lábios. Coincidência? Podia não ser nada. Podia ser exactamente apenas o que ela dissera. Podia ser o cansaço e a compra de antiguidades. Possivelmente. Provavelmente até.

Porém... porém... e se?

Lon considerou a outra possibilidade e, pela primeira vez em muito tempo, ficou assustado.

E se? *E se ela está com ele?*

Amaldiçoou o julgamento, desejando que já tivesse acabado.

Desejando ter ido com ela. Perguntando-se se ela lhe tinha dito a verdade, esperando que tivesse.

E, nesse momento, tomou a decisão de não a perder. Faria tudo o que fosse preciso para a conservar. Ela era tudo o que sempre precisara, e nunca encontrara ninguém que se lhe assemelhasse.

Assim, com as mãos a tremer, marcou o número pela quarta e última vez naquela noite.

E mais uma vez não obteve resposta.

CAIAQUES E SONHOS ESQUECIDOS

Allie acordou cedo na manhã seguinte, forçada pelo incessante chilrear dos estorninhos, e esfregou os olhos, sentindo a rigidez do corpo. Não tinha dormido bem, a acordar depois de cada sonho, e recordava-se de ver os ponteiros do relógio em diferentes posições durante a noite, como se a confirmar a passagem do tempo.

Tinha dormido vestida com a camisa macia que ele lhe dera, e mais uma vez inspirou o cheiro dele enquanto pensava na noite que haviam passado juntos. O riso e a conversa simples voltaram-lhe à memória, e lembrava-se especialmente da maneira como Noah lhe falara da sua pintura. Fora tão inesperado e reconfortante e, enquanto as palavras voltavam a assomar-lhe à mente, apercebeu-se de como ficaria arrependida se tivesse decidido não o ver outra vez.

Olhou para fora da janela e observou os pássaros a palrar à procura de comida na luz matinal. Noah, ela sabia, tinha sido sempre uma pessoa madrugadora que saudava a aurora à sua própria maneira. Sabia que ele gostava da andar de caiaque ou de canoa, e recordava-se da manhã que tinha passado com ele na canoa, a observar o nascer do Sol. Tinha tido de se escapulir pela janela para o fazer, porque os pais não lho permitiriam, mas não fora apanhada e recordava-se agora de como Noah lhe tinha passado o braço pelos ombros e a tinha puxado para si enquanto a aurora começava a desdobrar-se. «Olha ali», sussurrara, e ela observara o seu primeiro nascer do Sol com a cabeça sobre o ombro dele, interrogando-se se podia existir algo de melhor do que o que estava a acontecer naquele momento.

E quando saiu da cama para tomar banho, sentindo o chão frio sob os pés, perguntava-se se ele teria estado no rio nesta manhã para observar o começo de outro dia, e concluiu que provavelmente sim.

Allie estava certa.

Noah tinha-se levantado antes de o Sol nascer e vestido rapidamente as mesmas calças de ganga da noite anterior, camisola interior, uma camisa de flanela limpa, blusão azul e botas. Lavou os dentes antes de descer, bebeu apressadamente um copo de leite e agarrou em dois biscoitos a caminho da porta. Depois de *Clem* o saudar com um par de lambidelas molhadas, foi até à doca onde o seu caiaque se encontrava. Gostava de deixar o rio exercer a sua magia, para descontrair os músculos, aquecer o corpo, clarear a mente.

O velho caiaque, muito usado e manchado pelo rio, estava pendurado em dois ganchos ferrugentos pregados no pontão, mesmo acima da linha de água para manter os gansos de água à distância. Levantou-o, libertando-o dos ganchos, e pousou-o no chão, inspeccionou-o rapidamente, depois levou-o para a margem. Numa série de movimentos há muito amadurecidos pelo hábito, estava na água a fazer o seu caminho ribeiro acima, consigo próprio a servir de piloto e motor.

O ar passava-lhe frio na pele, quase áspero, e o céu era uma neblina de cores diferentes: preto imediatamente acima dele como o pico de uma montanha, depois azuis de um alcance infinito, tornando-se mais claros até que se cruzavam com o horizonte, onde eram substituídos pelo cinzento. Inspirou fundo algumas vezes, cheirando os pinheiros e a água salobra, e começou a reflectir. Isto era parte do que mais falta sentira quando vivia no Norte. Por causa das longas horas no trabalho, ficava-lhe pouco tempo para passear na água. Acampar, andar à boleia, chapinhar nos rios, namorar, trabalhar... alguma coisa teve de ser abandonada. Em grande parte fora-lhe possível explorar as regiões campestres de Nova Jersey a pé sempre que tinha algum tempo disponível, mas em catorze anos não andara de caiaque ou de canoa nem uma única vez. E foi uma das primeiras coisas que fez assim que regressou.

Existe algo de especial, quase místico, em passar a aurora no rio, pensou para si, e agora fazia-o quase todos os dias. Estivesse sol e céu limpo, ou frio e nublado, isso nunca lhe importava enquanto movia os remos ao ritmo da música dentro da sua cabeça, trabalhando acima da água cor de ferro. Viu uma família de tartarugas a descansar num tronco parcialmente submerso e ficou a observar uma garça-real a iniciar o voo, planando sobre a água antes de se desvanecer no crepúsculo de prata que precede o nascer do Sol.

Remou até ao meio do rio, de onde reparou na incandescência laranja a começar a estender-se sobre a água. Deixou de remar com força, despendendo apenas o esforço suficiente para ficar no mesmo sítio, a observar, até que a luz começou a irradiar por entre as árvores. Sempre gostara de fazer uma pausa ao nascer do dia — havia um momento em que a vista era espectacular, como se o mundo estivesse a nascer outra vez. Depois começou a remar com força, a desgastar a tensão, a preparar-se para o dia.

Enquanto o fazia, algumas perguntas dançavam-lhe na cabeça como gotas de água numa frigideira quente. Questionava-se sobre Lon e que tipo de homem seria, interrogava-se sobre a relação entre os dois. Mais que tudo, porém, perguntava-se sobre Allie e o motivo da vinda dela.

Pela altura em que chegou a casa, sentiu-se renovado. Olhou o relógio, ficou surpreendido por descobrir que demorara duas horas. Porém, o tempo ali sempre lhe pregara partidas e há meses que deixara de se preocupar com isso.

Pendurou o caiaque para secar, esticou-se durante uns dois minutos, e foi até ao barracão onde guardava a canoa. Carregou com ela até à margem, deixando-a a poucos metros da água e, quando se virou na direcção da casa, sentiu que as pernas ainda estavam um pouco rígidas.

A neblina matinal ainda não se tinha evaporado e sabia que a rigidez nas pernas normalmente era prenúncio de chuva. Olhou para o céu a ocidente e viu nuvens de tempestade, espessas e pesadas, distantes mas definitivamente presentes. Os ventos não sopravam com força, mas começavam a juntar as nuvens. Pelo aspecto delas, não gostaria de estar no exterior quando chegassem ali. Raios. Quanto tempo tínhamos? Algumas horas, talvez mais. Talvez menos.

Tomou um duche, vestiu calças de ganga lavadas, uma camisa vermelha e botas de *cowboy* pretas, escovou o cabelo e desceu até à cozinha. Lavou os pratos da noite anterior, arrumou a casa aqui e ali, fez café e foi até ao alpendre. O céu agora estava mais escuro e olhou para o barómetro. Mantinha-se firme, mas em breve começaria a descer. O céu a ocidente prometia-lhe isso.

Há muito que aprendera a nunca subestimar o tempo, e perguntou-se se seria boa ideia sair. A chuva aguentava-se bem, mas faíscas e relâmpagos eram outra história. Especialmente se estivesse na água. Uma canoa não era lugar para se estar quando a electricidade faiscava no ar húmido.

Acabou o café e adiou a decisão para mais tarde. Foi até à arrecadação das ferramentas e pegou num machado. Depois de verificar a lâmina premindo-a contra o polegar, afiou-a na pedra até estar pronta. «Um machado rombo é mais perigoso que um afiado,» costumava dizer-lhe o pai.

Os vinte minutos seguintes passou-os a partir lenha e a amontoar os toros. Fê-lo com desenvoltura, os golpes eficientes, e nem sequer ficou a suar. Pôs alguns toros de parte para mais tarde e levou-os para dentro depois de ter acabado, colocando-os ao lado da lareira.

Olhou de novo para a pintura de Allie e estendeu a mão para lhe tocar, o que fez regressar o sentimento de incredulidade por vê-la de novo. Meu Deus, o que é que ela tinha que o fazia sentir-se assim? Mesmo depois de todos estes anos? Que tipo de poder teria sobre ele?

Virou-se por fim, abanando a cabeça, e regressou ao alpendre. Olhou de novo para o barómetro. Não tinha mudado. Depois olhou para o relógio.

Allie não tardaria a chegar.

Allie tinha acabado de tomar banho e já estava vestida. Um pouco antes tinha aberto a janela para verificar a temperatura. Não estava frio lá fora, e decidiu usar um vestido creme, de Primavera, com mangas compridas e decote subido. Era macio e confortável, talvez um bocadinho fechado de mais, mas tinha bom aspecto, e depois escolhera umas sandálias brancas a condizer.

Passou a manhã a andar por ali no centro da cidade. A Depressão tinha feito ali as suas baixas, mas podia ver sinais do regresso da prosperidade a começarem a abrir caminho. O Teatro Masonic, o mais antigo, e ainda aberto, na província, parecia um bocadinho mais degradado, mas estava a funcionar com filmes recentes. O Parque do Forte Totten parecia exactamente o mesmo que fora havia catorze anos, e pareceu-lhe que as crianças que brincavam nos baloiços depois da escola também eram semelhantes. Sorriu então às recordações, pensando como as coisas tinham sido mais simples. Ou pelo menos aparentavam ser.

Agora, aparentemente, nada era simples. Parecia tão improvável, tudo certo no seu lugar como encaixara e perguntava-se o que estaria ela a fazer neste momento, se por acaso não tivesse visto o artigo no jornal. Não era muito difícil de imaginar, porque as rotinas dela raramente mudavam. Era quarta-feira, o que significava brídege no clube de campo, e a seguir a ida à Liga das Jovens Mulheres, onde provavelmente estariam a organizar outra festa para angariação de fundos para uma escola ou hospital privados. Depois disso, uma visita com a mãe, e depois ir para casa para se preparar para jantar com Lon, porque ele fazia questão de sair do trabalho às sete. Era a única noite da semana em que o via regularmente.

Suprimiu um sentimento de tristeza quanto a esse assunto, esperando que um dia ele pudesse mudar. Já lho tinha prometido muitas vezes e normalmente cumpria a promessa durante algumas semanas até voltar ao horário antigo. «Hoje não posso, querida», explicava sempre. «Lamento, mas não posso. Depois compenso-te.»

Ela não gostava de discutir com ele sobre isso, na maior parte das vezes, porque sabia que ele era sincero. O trabalho de advogado era muito exigente, tanto antes como durante os julgamentos, porém, às vezes, ela não conseguia deixar de pensar por que é que ele passara tanto tempo a cortejá-la se não queria agora ficar mais tempo consigo.

Passou diante de uma galeria de arte, quase não a vendo, concentrada nas suas preocupações, virou-se e voltou para trás. Fez uma pausa à porta por um segundo, surpreendida por não ter visitado nenhuma há tanto tempo. Pelo menos três anos, ou talvez mais. Por que é que as tinha evitado?

Entrou — a galeria tinha aberto com as outras lojas na rua principal — e foi bisbilhotar as pinturas. Muitos dos artistas eram da região, e notava-se um forte predomínio do mar na temática das suas obras. Muitas cenas marítimas, praias arenosas, pelicanos, velhos navios à vela, rebocadores, pontões e gaivotas. Mas, mais que tudo, ondas. Ondas de todas as formas, tamanhos e cores imagináveis, que passado um bocado, pareciam todas iguais. Ou os artistas tinham pouca inspiração ou eram preguiçosos, pensou.

Numa parede, porém, havia alguns quadros mais próximos do seu gosto. Eram todos de uma autora de que nunca ouvira falar, Elayn, e em grande parte parecia ter sido inspirada pela arquitectura das ilhas gregas. Na pintura de que gostou mais reparou que a artista tinha propositadamente exagerado a cena com figuras mais pequenas que o tamanho real, linhas largas e pesadas pinceladas de cor, como se não estivesse bem focada. As cores, porém, eram vívidas e em turbilhão, atraindo o olhar, quase dirigindo-o para o que deveria ver a seguir. Era uma pintura dinâmica e impressionante. Quanto mais pensava naquilo, tanto mais gostava, e admitiu comprar a tela antes de se aperceber que gostava dela porque lhe recordava o seu próprio trabalho. Examinou-a mais de perto e pensou para consigo que talvez Noah tivesse razão. Talvez ela devesse recomeçar a pintar.

Às nove e meia Allie deixou a galeria e foi até Hoffman-Lane, um centro comercial na parte baixa da cidade. Levou alguns minutos até descobrir aquilo de que vinha à procura, mas estava ali, na secção de artigos escolares. Papel, pastel e lápis, não de grande qualidade mas suficientemente bons. Não era pintura, mas era um começo, e já se sentia entusiasmada na altura em que chegou ao quarto. Sentou-se à secretária e começou a trabalhar. Nada de específico, apenas para experimentar outra vez a sensação de pintar, deixando as formas e as cores fluir da memória da sua juventude. Depois de alguns minutos de abstracção, fez um esboço rude da cena de rua que via da sua janela, divertida pelo facto de lhe sair tão facilmente. Era quase como se ela nunca tivesse parado.

Examinou-a quando acabou, contente com o esforço. Perguntou-se o que poderia tentar a seguir e por fim decidiu-se. Dado que não tinha um modelo, visualizou-o na cabeça antes de começar. E embora fosse mais difícil do que a cena de rua, saiu naturalmente e começou a tomar forma.

Os minutos passaram depressa. Trabalhou afincadamente mas verificava o tempo com assiduidade para não se deixar atrasar, e terminou um pouco antes do meio-dia. Tinha levado quase duas horas, mas o resultado final surpreendeu-a. Parecia que demorara muito mais tempo. Depois de enrolar a folha, pô-la num saco e pegou no resto das coisas. Antes de sair olhou-se ao espelho, sentin-do-se estranhamente descontraída, sem saber exactamente porquê.

Escadas abaixo e porta fora. Ia a sair quando ouviu uma voz atrás de si.

— Por favor?

Virou-se, sabendo que era consigo. O gerente. O mesmo homem de ontem, uma expressão de curiosidade na cara.

— Sim?

— Teve algumas chamadas telefónicas ontem à noite.

Ficou surpreendida.

— Tive?

— Sim. Todas de um senhor Hammond.

Oh, Meu Deus.

— Lon telefonou?

— Sim senhora, quatro vezes. Falei com ele quando ligou da segunda vez. Parecia algo preocupado consigo. Ele disse que era o seu noivo.

Ela sorriu fracamente, tentando esconder os pensamentos. Quatro vezes? Quatro? O que poderia isso significar? E se tivesse acontecido alguma coisa em casa?

— Ele disse alguma coisa? Era uma emergência?

Abanou a cabeça rapidamente a negar.

— De facto ele não disse, mas também não referiu nada em especial. De facto, ele parecia era mais preocupado consigo.

Bom, pensou ela. Isso é bom. E então, de súbito, uma pancada no peito. Porquê a urgência? Porquê tantas chamadas? Tinha ela dito alguma coisa ontem? Por que estava ele tão insistente? Era completamente estranho aos seus hábitos.

Haveria alguma maneira de ele poder ter descoberto? Não... era impossível. A não ser que alguém a tivesse visto ali ontem e lhe tivesse telefonado... Mas teriam tido que a seguir até à casa de Noah. Ninguém teria feito tal coisa.

Agora tinha que lhe telefonar, não havia maneira de contornar a situação. Mas, estranhamente, não lhe apetecia. Este era o tempo dela, e desejava gastá-lo a fazer o que queria. Não tinha planeado falar com ele a não ser mais tarde e, por um motivo qualquer, sentia que falar com ele agora podia estragar-lhe o dia. Além disso, o que iria dizer--lhe? Como podia explicar ter estado fora até tão tarde? Um jantar tardio e depois um passeio? Talvez. Uma ida ao cinema? Ou...

Quase meio-dia, pensou ela. Onde é que ele estaria? Provavelmente no escritório... Não. No tribunal, apercebeu-se de repente, e imediatamente sentiu como se tivesse sido libertada de algemas. Não havia maneira de falar com ele, mesmo que quisesse. Ficou surpreendida com as suas emoções. Não devia sentir-se assim, ela sabia, e todavia não lhe interessava. Olhou para o relógio e começou a fazer teatro.

— É mesmo quase meio-dia?

O gerente confirmou com a cabeça depois de olhar para o relógio de parede.

— Sim, um quarto para o meio-dia, mais exactamente.

— Infelizmente — começou ela —, ele está no tribunal agora mesmo e não vou conseguir apanhá-lo. Se ele voltar a telefonar, podia dizer-lhe que eu fui às compras e que tentarei ligar-lhe logo?

— Claro — respondeu. — Porém, ela podia ver a pergunta nos olhos dele: *mas por onde é que andaste ontem à noite?* Ele sabia exactamente as horas a que ela tinha regressado. Demasiado tarde para uma mulher sozinha nesta pequena cidade, ela tinha a certeza.

— Obrigada — disse a sorrir —, fico-lhe muito grata.

Dois minutos mais tarde estava no carro, a conduzir até casa de Noah, antevendo o dia, muito pouco preocupada com as chamadas telefónicas. Ontem teria ficado, e perguntava-se o que é que isso quereria dizer.

Quando ia a passar por cima da ponte móvel, menos de quatro minutos depois de abandonar o hotel, Lon telefonou do tribunal.

ÁGUAS CORRENTES

Noah estava sentado na sua cadeira de balanço, a beber chá doce, à espera do ruído de um carro, quando finalmente o ouviu fazer a curva estrada acima. Foi até à frente da casa e ficou a observar a viatura a entrar e estacionar de novo debaixo do carvalho. No mesmo sítio da véspera. *Clem* ladrou em saudação à porta do carro, de cauda a abanar, e viu Allie a acenar-lhe lá de dentro.

Saiu, deu uma palmadinha na cabeça a *Clem*, falando com ela, sorrindo para Noah que vinha na sua direcção. Parecia mais descontraída que no dia anterior, mais confiante e, de novo, ele sentiu um ligeiro choque ao revê-la. Porém, era diferente do da véspera. Sentimentos novos agora, não apenas memórias. Se alguma coisa acontecera, a atracção dele por ela tinha crescido mais forte durante a noite, mais intensa, e fazia-o sentir-se ligeiramente nervoso na presença dela.

Allie veio ter com ele a meio do caminho, trazendo uma pequena mala na mão. Surpreendeu-o ao beijá-lo docemente na face, com a mão direita a demorar-se na cintura dele depois de se afastar.

— Olá — disse, com os olhos a brilhar —, onde está a surpresa?

Ele descontraiu-se um pouco, agradecendo a Deus por isso.

— Nem sequer um *Boa-tarde*, ou *Passaste bem a noite?*

Ela sorriu. A paciência nunca tinha sido um dos seus maiores atributos.

— Está bem. Boa-tarde. Passaste bem a noite? E onde é que está a surpresa?

Ele riu entre dentes, depois fez uma pausa.

— Allie, tenho más notícias.

— Quais?

— Ia levar-te a um lugar, mas com aquelas nuvens a aproxima-rem-se, já não tenho a certeza se deveríamos ir.

— Porquê?

— A tempestade. Estaremos ao ar livre e podemos ficar molha-dos. Além disso, pode haver trovoada e relâmpagos.

— Mas ainda não está a chover. É muito longe?

— Ribeiro acima por cerca de meio quilómetro.

— E eu nunca lá estive?

— Não da maneira como o local está agora.

Ela ficou a pensar durante um instante enquanto olhava em volta. Quando falou, havia determinação na sua voz.

— Então vamos. Não me interessa se chove.

— Tens a certeza?

— Absoluta.

Ele olhou de novo para as nuvens, reparando que se aproxi-mavam.

— Então é melhor irmos já — disse. — Posso levar-te isso lá para dentro?

Ela acenou com a cabeça entregando-lhe a mala e ele, meio a correr até casa, levou-a para dentro, colocando-a numa cadeira da sala. Depois agarrou num pouco de pão e pô-lo num saco, trazendo-o consigo ao sair.

Foram até à canoa, Allie ao lado dele. Um pouco mais próxima que no dia anterior.

— Então o que é ao certo esse lugar?

— Vais ver.

— Não vais sequer dar-me uma pista?

— Bom — disse ele —, lembras-te de quando levámos a canoa e fomos ver o nascer do Sol?

— Pensei nisso hoje de manhã. Lembro-me de que me fez chorar.

— O que vais ver hoje vai fazer parecer vulgar o que viste então.

— Calculo que tenha de me sentir especial.

Ele deu mais alguns passos antes de responder.

— Tu és especial — disse por fim, e a maneira como o disse deixou-a a pensar se ele quereria acrescentar mais alguma coisa. Mas não acrescentou, e Allie sorriu um pouco antes de desviar os olhos. Enquanto o fazia, sentiu o vento na cara e reparou que se tinha tornado mais forte desde a manhã.

Chegaram à doca num instante. Depois de atirar o saco para dentro da canoa, Noah verificou tudo rapidamente para confirmar que não se esquecera de nada, e empurrou-a para a água.

— Posso fazer alguma coisa?

— Não, só entrar lá para dentro.

Assim que ela entrou, ele empurrou a embarcação mais para dentro de água, junto à doca. Depois saltou graciosamente do pontão para a canoa, colocando os pés com cuidado para evitar que se virasse. Allie ficou impressionada com a agilidade de Noah, sabendo que o que ele fizera tão rápida e facilmente era mais difícil do que parecia.

Allie sentou-se na parte da frente da canoa, de frente para a ré. Ele tinha dito qualquer coisa acerca de perder a vista quando começasse a remar, mas ela abanou a cabeça, dizendo que estava bem assim.

E era verdade.

Podia ver tudo aquilo que, de facto, queria ver se virasse a cabeça mas, mais que tudo, queria observar Noah. Era ele quem ela tinha vindo ver, e não o rio. Ele tinha a camisa desabotoada em cima, e podia ver-lhe os músculos do peito a flectirem-se com cada movimento. Também tinha as mangas arregaçadas, e ela podia admirar-lhe os músculos dos braços a dilatarem ligeiramente. Os seus músculos estavam bem desenvolvidos por remar todas as manhãs.

Artístico, pensou ela. Há algo de quase artístico em torno dele quando faz isto. Qualquer coisa natural, como se andar na água estivesse para além do controlo dele, fosse parte de um gene que lhe havia sido passado através de uma distante via hereditária. Quando o observava, recordava-se de como deveriam ter parecido os primeiros exploradores quando descobriram esta região.

Não conseguia lembrar-se de mais ninguém que sequer remotamente se lhe assemelhasse. Ele era complicado, quase contraditório em tantos aspectos, porém simples, uma combinação estranhamente erótica. À superfície era um rapaz do campo, regressado a casa da Guerra, e provavelmente ele encarava-se nesses termos. No entanto, havia tantas coisas mais. Talvez fosse a poesia que o fizesse diferente, ou talvez os valores que o pai lhe instilara ao crescer. De qualquer maneira, parecia saborear a vida de uma forma mais completa do que as outras pessoas, e fora isso que em primeiro lugar a atraíra nele.

— Em que estás a pensar?

Sentiu o estômago dar um saltinho quando a voz de Noah a fez regressar ao presente. Apercebeu-se de que não tinha falado muito desde que entraram no barco, e apreciou o silêncio que ele proporcionara. Sempre tivera considerações destas.

— Coisas boas — respondeu Allie docemente, e viu nos olhos dele que tinha percebido que ela pensava nele. Ela gostou de que Noah o soubesse, e esperava que ele também tivesse estado a pensar nela.

Compreendeu então que alguma coisa se começava a agitar dentro de si, como acontecera há tantos anos. Observá-lo, observar o corpo dele a mexer-se, fazia-a sentir Noah. E quando os olhos de ambos se demoraram por um segundo mais um no outro, ela sentiu um calor no pescoço e nos seios e corou, desviando os seus olhos antes que ele desse por isso.

— Ainda falta muito?

— Mais uns duzentos e cinquenta metros, mais ou menos. Não mais que isso.

Um silêncio. Depois ela disse:

— Isto aqui é bonito. Tão limpo. Tão calmo. É quase como voltar atrás no tempo.

— De certa forma até é, acho eu. O rio corre da floresta. Não há uma única quinta entre esta parte e a nascente, e a água é pura como a chuva. Provavelmente tão pura como sempre foi.

Inclinou-se para ele.

— Diz-me, Noah, de que é que te lembras mais do Verão que passámos juntos?

— Lembro-me de tudo.

— Nada em particular?

— Não — disse ele.

— Não te lembras?

Ele respondeu um momento depois, calma, seriamente.

— Não, não é isso. Não é o que estás a pensar. Eu estava a falar a sério quando disse que me lembro de tudo. Posso recordar todos

81

os momentos que passámos juntos, e em cada um deles havia qualquer coisa de maravilhoso. Não posso de facto escolher um momento que tenha sido mais significativo que outro. Todo o Verão foi perfeito, o Verão que toda a gente deveria ter. Como poderia escolher um momento em vez de outro? Os poetas muitas vezes descrevem o amor como uma emoção que não podemos controlar, uma emoção que abafa a lógica e o senso comum. Foi o que aconteceu comigo. Eu não planeei apaixonar-me por ti, e duvido de que tenhas planeado apaixonares-te por mim. Mas uma vez que nos encontrámos, ficou claro que nenhum de nós podia controlar o que nos estava a acontecer. Ficámos apaixonados, apesar das nossas diferenças, e assim que isso aconteceu, algo de raro e maravilhoso foi criado. Para mim, um amor como aquele acontece apenas uma vez, e é por isso que cada minuto que passámos juntos ficou gravado na minha memória. Nunca esquecerei um único momento.

Allie ficou a olhar para ele. Nunca ninguém lhe tinha dito uma coisa assim antes. Nunca. Ela não sabia o que responder e ficou em silêncio, com o rosto afogueado.

— Lamento se te fiz sentir pouco à vontade, Allie. Não tinha intenção disso. Mas aquele Verão ficou comigo e ficará para sempre. Sei que não pode voltar a ser o mesmo entre nós, mas isso não muda o que senti em relação a ti naquela altura.

A seguir, ela falou devagar, sentindo-se emocionada:

— Não me fizeste sentir pouco à vontade, Noah... É só que nunca ouvi coisas assim. O que disseste foi maravilhoso. É preciso ser poeta para falar da maneira como tu falas e, como disse, tu és o único poeta que eu conheci.

Um silêncio tranquilo desceu sobre eles. Uma águia-marinha gritou algures à distância. Um salmonete saltou junto à margem. Os remos moviam-se ritmadamente, originando pequenas ondas que faziam balançar muito ligeiramente o barco. A brisa tinha parado, e as nuvens avolumavam-se, mais escuras, à medida que a canoa se movia em direcção a um destino desconhecido.

Allie reparava em tudo, cada som, cada pensamento. Os seus sentidos tinham-se reanimado, revigorando-a, e sentiu a mente a vaguear pelas últimas semanas. Pensou na ansiedade que vir aqui lhe tinha causado. O choque ao ver o artigo, as noites sem dormir, a má disposição durante o dia. Até mesmo no dia anterior tinha tido medo e queria fugir. Agora todo e qualquer vestígio de tensão tinha desaparecido, fora subsituída por outra coisa, e ela sentia-se contente por isso enquanto avançavam em silêncio na velha canoa vermelha.

Sentiu-se estranhamente satisfeita por ter vindo, feliz por Noah se ter transformado no tipo de homem que ela achava que seria agora, contente por saber que viveria para sempre com esse conhecimento. Nos últimos anos tinha visto demasiados homens destruídos pela Guerra, pelo tempo, ou mesmo pelo dinheiro. Era preciso força para se agarrar à paixão interior, e Noah tinha-o conseguido.

Isto era um mundo de trabalhadores, não de poetas, e as pessoas teriam muita dificuldade em entender Noah. A América estava agora em pleno desenvolvimento, diziam-no todos os jornais, e as pessoas andavam para a frente, deixando para trás os horrores da Guerra. Ela compreendia os motivos, mas avançavam, como Lon, em direcção a longas horas de trabalho e lucros, negligenciando as coisas que traziam beleza ao mundo.

Quem é que ela conhecia em Raleigh que pusesse tempo de parte para consertar uma casa? Ou para ler Whitman ou Eliot, encontrando na mente imagens, pensamentos do espírito? Ou perseguisse a aurora à proa de uma canoa? Estas não eram as coisas que motivavam a sociedade, mas Allie sentia que não deviam ser consideradas como pouco importantes. Eram elas que faziam valer a pena viver.

A ela acontecia-lhe o mesmo com a arte, embora se tivesse apercebido disso apenas no dia anterior, ao vir ali. Ou antes, recordado isso. Já o soubera antes, e de novo se amaldiçoava por ter esquecido uma coisa tão importante como criar beleza. Pintar era o que tinha de fazer e estava certa disso agora. As suas emoções naquela manhã tinham-lhe dado a confirmação, e sabia que, o que quer que acontecesse, ia dar-se outra oportunidade. Uma oportunidade justa, independentemente dos comentários de quem quer que fosse.

Iria Lon encorajá-la a pintar? Recordava-se de lhe ter mostrado um dos seus quadros alguns meses antes de terem começado a sair juntos. Era uma pintura abstracta e destinada a inspirar o pensamento. De alguma maneira, tinha semelhanças com o quadro que estava por cima da lareira de Noah, aquele que Noah compreendia completamente, embora tivesse sido pintado com menos paixão. Lon ficara a olhar para o quadro, quase a estudá-lo, e depois perguntou-lhe o que é que aquilo pretendia significar. Ela nem se deu ao trabalho de lhe responder.

Abanou a cabeça na altura, sabendo que não estava a ser completamente justa. Ela amava Lon, e sempre amara, por outros motivos. Embora ele não fosse Noah, Lon era um homem bom, o tipo de homem com quem sempre soubera que iria casar. Com Lon não haveria surpresas, e sentia algum conforto em saber o que o futuro traria. Ele iria ser um bom marido para ela, e ela seria uma boa esposa. Teria um lar perto dos amigos e da família, filhos, um lugar respeitável na sociedade. Era o estilo de vida que sempre esperara vir a viver, o estilo de vida que ela queria viver. E embora não descrevesse a relação entre eles como apaixonada, tinha-se convencido há muito de que isso não era necessário para se sentir realizada numa relação, mesmo com a pessoa com quem tencionava casar. A paixão desvanecia-se com o tempo, e coisas como o companheirismo e a compatibilidade tomariam o seu lugar. Ela e Lon tinham isso, e resolvera que isso era tudo o que precisava.

Agora, porém, enquanto olhava Noah a remar, questionava estas suposições básicas. Ele deixava transparecer a sua sensualidade em cada coisa que fazia, em tudo o que era, e ela deu consigo a pensar nele de uma maneira que uma mulher comprometida não deveria pensar. Tentava não olhar fixamente para ele, desviava os olhos muitas vezes, mas a maneira fácil como ele movia o corpo tornava-lhe difícil manter os seus olhos desviados durante muito tempo.

— Aqui estamos — anunciou Noah a guiar a canoa em direcção a umas árvores junto à margem.

Allie olhou em volta, sem ver nada.

— Onde é?

— Aqui — disse ele de novo, apontando a canoa para uma velha árvore caída, obscurecendo uma abertura quase completamente escondida à vista.

Guiou a canoa para contornar a árvore, e ambos tiveram que baixar a cabeça para não baterem nela.

— Fecha os olhos — sussurrou ele, e Allie acedeu, pondo as mãos na cara. Ouviu o ondular da água e sentiu o movimento da canoa enquanto ele a dirigia para diante, longe da corrente do ribeiro.

— Já podes — disse finalmente depois de ter parado de remar. — Já os podes abrir agora.

CISNES E TEMPESTADES

Estavam no meio de um pequeno lago alimentado pelas águas do ribeiro de Brices. Não era grande, talvez com uns cem metros de largura, e Allie ficou surpreendida ao verificar como aquele manto de água estivera fora do alcance da vista até apenas alguns momentos antes.

Era espectacular. Cisnes da tundra e gansos do Canadá nadavam em volta da canoa. Milhares deles. Bandos de aves flutuavam nalguns sítios de forma tão compacta que ela nem conseguia ver a água. À distância, os grupos de cisnes pareciam quase icebergues.

— Oh, Noah — disse ela, por fim, baixinho —, é maravilhoso.

Ficaram sentados em silêncio durante longo tempo, a observar as aves. Noah apontou para um grupo de crias acabadas de sair da casca, a seguir um grupo de gansos perto da margem, movendo-se desajeitadamente para se manterem à tona de água.

O ar estava cheio de grasnidos e chilreios, enquanto Noah movia a canoa sobre a água. Os pássaros ignoraram-nos em grande parte do caminho. Os únicos que pareciam incomodados eram os que se viam obrigados a mexerem-se quando a canoa se aproximava deles. Allie estendeu o braço para tocar nos que estavam mais perto e sentiu-lhes as penas a estremecerem sob os seus dedos.

Noah pegou no saco de pão que tinha trazido e passou-o a Allie. Ela atirou o pão, favorecendo os mais pequeninos, rindo e sorrindo enquanto eles nadavam em círculos à procura da comida.

Ficaram até ouvir um trovão ribombar à distância — longínquo mas poderoso — e ambos souberam que era tempo de partir.

Noah levou a canoa de volta até à corrente do rio, a remar com mais força do que antes. Ela ainda estava espantada com o que acabara de ver.

— Noah, que fazem eles aqui?

— Não sei. Sei que os gansos do Norte migram para o lago Matamuskeet todos os invernos, mas desconfio que este ano vieram para aqui. Não sei porquê. Talvez as primeiras tempestades de neve tenham algo a ver com isso. Talvez se tenham desviado da rota ou algo parecido. Mas eles descobrirão o caminho de volta.

— Não vão ficar?

— Duvido. São guiados pelo instinto e este não é o lugar deles. Alguns destes gansos podem passar aqui o Inverno, mas os cisnes vão voltar para Matamuskeet.

Noah remou com mais força, vendo as nuvens escuras a serem arrastadas directamente por cima das suas cabeças. Logo a seguir a chuva começou a cair, primeiro uns salpicos leves, depois pingos gradualmente mais grossos. Um relâmpago... uma pausa... depois o trovão outra vez. Agora um pouco mais forte. Talvez a três ou quatro quilómetros de distância. Começou a chover mais intensamente e Noah passou a remar ainda com mais força, os músculos a contraírem-se a cada esforço.

Gotas mais grossas agora.

A cair...

A cair com o vento...

A cair duras e espessas... Noah a remar... a correr contra o céu... a ficar molhado... praguejando para dentro... a perder contra a Mãe Natureza...

A carga de água estabilizara-se agora, e Allie observava a chuva a cair diagonalmente do céu, tentando desafiar a gravidade, sendo empurrada pelos ventos ocidentais que assobiavam por cima das árvores. O céu escureceu um pouco mais e grandes gotas pesadas caíam das nuvens. Gotas de ciclone.

Allie gostava da chuva e estendeu a cabeça para trás durante um momento para deixar que lhe caísse sobre a cara. Sabia que a parte da frente do seu vestido iria ficar encharcada em poucos minutos, mas não se importava. Ficou a perguntar-se, porém, se ele daria por isso, depois achou que provavelmente já tinha dado.

Passou as mãos pelo cabelo molhado. A sensação era boa, ela sentia-se lindamente, tudo se sentia lindamente. Mesmo através da chuva, conseguia ouvi-lo a respirar com esforço e esse som excitou-a de uma maneira que já não experimentava há anos.

Uma nuvem rebentou directamente por cima deles, e a chuva começou a cair ainda com mais força. Com a força que ela alguma vez vira. Allie olhou para cima e riu, desistindo de qualquer tentativa de se conservar seca, levando Noah a descontrair-se mais. Ele não sabia como ela estava a sentir-se com aquilo tudo. Mesmo apesar de ter sido ela a tomar a decisão de virem, Noah duvidava de que ela esperasse ser apanhada numa tempestade como esta.

Alcançaram a doca uns minutos mais tarde e Noah aproximou-se o bastante para Allie poder sair, depois subiu ele e arrastou a canoa pela margem o suficiente para esta não ser arrastada pelas águas. Por via das dúvidas, amarrou-a à doca, sabendo que mais um minuto debaixo de chuva já não iria fazer qualquer diferença.

No momento em que amarrava a canoa, olhou para Allie e ficou sem respiração por um segundo. Ela estava incrivelmente bela enquanto esperava, a observá-lo, completamente à vontade debaixo da chuva. Não tentava fugir nem proteger-se, e ele podia ver-lhe o contorno dos seios a querer romper através do tecido do vestido que se lhe colava ao corpo. A chuva não era fria, mas podia ver-lhe os mamilos rígidos e protuberantes, duros como pequenas rochas. Sentiu-se excitado e virou-se rapidamente, embaraçado, murmurando para si próprio, contente por a chuva ter abafado qualquer som. Quando acabou e se pôs de pé, Allie pegou-lhe na mão, surpreendendo-o. Apesar da carga de água, não se apressaram em direcção à casa, e Noah imaginou o que seria passar a noite com ela.

Também Allie se questionava sobre o que ele sentiria. Sentiu-lhe o calor das mãos e perguntava-se como seria tê-las a tocar no seu corpo, a sentir-lhe o corpo todo, demorando-se lentamente sobre a sua pele. Só de pensar nisso fê-la inspirar fundo, e sentiu os mamilos começarem a endurecer e um calor novo por entre as pernas.

Apercebeu-se, então, de que alguma coisa tinha mudado desde que aqui chegara. E embora não pudesse marcar o momento ao minuto — o dia anterior, depois do jantar, ou esta tarde na canoa, ou quando viram os cisnes, ou talvez até mesmo só agora enquanto caminhavam de mãos dadas — ela sabia que se tinha apaixonado por Noah Taylor Calhoun novamente, e que talvez, só talvez, nunca tivesse deixado de o amar.

Não havia embaraço entre eles quando alcançaram a porta e entraram, fazendo uma pausa no átrio, as roupas a pingar.

— Trouxeste uma muda de roupa?

Ela abanou a cabeça numa negativa, ainda sentindo o rodopio das emoções dentro de si, perguntando-se se lhe transpareceriam na cara.

— Acho que te posso arranjar aqui qualquer coisa, para despires essas roupas. Pode ser um pouco grande, mas é quente.

— Qualquer coisa serve.

— Volto num segundo.

Noah descalçou as botas, depois correu escadas acima, descendo um minuto mais tarde. Tinha um par de calças de algodão e uma camisa de mangas compridas debaixo de um dos braços, e umas calças de ganga com uma camisa azul debaixo do outro.

— Toma — disse passando-lhe as calças de algodão e a camisa. — Podes mudar de roupa no quarto lá de cima. Também há uma casa de banho e toalhas, para o caso de quereres tomar um duche.

Ela agradeceu-lhe com um sorriso e subiu as escadas, sentindo os olhos dele segui-la enquanto subia. Entrou no quarto e fechou a porta, depois pôs as calças e a camisa sobre a cama e despiu-se. Nua, foi até ao roupeiro dele e procurou um cabide, pendurou nele o vestido, o *soutien* e as cuecas, e suspendeu-o na casa de banho para que não pingasse o chão de madeira. Sentiu um secreto frémito por estar nua no quarto em que ele dormia.

Não queria tomar duche depois de ter estado à chuva. Gostava daquela sensação doce na pele e isso fê-la pensar como as pessoas teriam vivido em tempos idos. Naturalmente. Como Noah. Enfiou-se nas roupas dele antes de se ver ao espelho. As calças eram grandes, mas meter a camisa dentro delas ajudava, e arregaçou as pernas apenas um bocadinho para que não arrastassem pelo chão.

O colarinho estava um pouco rasgado e descosido num dos ombros, mas, de qualquer maneira, gostava do modo como lhe ficava. Puxou as mangas para cima quase até aos cotovelos, foi à cómoda e tirou um par de meias, depois, na casa de banho, procurou uma escova.

Escovou o cabelo molhado apenas o suficiente para o desembaraçar, deixando-o solto pelos ombros. Olhando-se no espelho, desejou ter trazido uma *bandelette* ou um par de ganchos.

E um pouco mais de rímel. Mas o que poderia fazer? Nos olhos ainda tinha um pouco do que pusera mais cedo, e retocou-os com a luva de banho, fazendo o melhor que podia.

Quando acabou, olhou-se de novo, sentindo-se bonita apesar de tudo, e foi para baixo descendo as escadas.

Noah estava na sala, de cócoras diante do fogo, fazendo o melhor que sabia para o reavivar. Não a viu entrar, e ela deixou-se ficar a observá-lo enquanto ele trabalhava. Também mudara de roupa e estava com bom aspecto: os ombros largos, o cabelo molhado a chegar-lhe ao colarinho, as calças de ganga apertadas.

Espevitava o fogo, movendo os toros, e acrescentou-lhe mais acendalhas. Allie encostou-se à ombreira da porta, uma perna cruzada por cima da outra, e continuou a observá-lo. Em poucos minutos o fogo tinha crescido em chamas, firme e seguro. Ele virou-se de lado para endireitar os toros restantes que não usara e vislumbrou-a pelo canto do olho. Virou-se rapidamente.

Mesmo com aquelas roupas ela ficava maravilhosa. Depois de um momento voltou-se timidamente, regressando à arrumação dos troncos de madeira.

— Não te ouvi entrar — disse, tentando parecer casual.

— Eu sei. Era para não ouvires. — Sabia o que ele tinha estado a pensar e sentiu um toque de divertimento por ver quão jovem ele parecia.

— Há quanto tempo estás aí de pé?

— Uns dois minutos.

Noah limpou as mãos às calças, depois apontou para a cozinha.

— Queres chá? Já pus a água a aquecer enquanto estavas lá em cima. — Conversa inócua, qualquer coisa para manter a cabeça fria. Mas raios, o aspecto dela...

Allie pensou por um segundo, viu a maneira como ele a olhava, e sentiu o velho instinto tomar o comando.

— Tens alguma coisa mais forte, ou é muito cedo para beber?

Noah sorriu.

— Tenho uísque na despensa.

— Óptima ideia.

Foi até à cozinha e Allie observou-o a passar a mão pelo cabelo molhado enquanto desaparecia.

Um trovão ribombava alto e começou a cair outra chuvada. Allie podia ouvir o bramido da chuva no telhado, podia ouvir o estalar dos toros na lareira à medida que as chamas tremeluziam, iluminando a sala. Virou-se para a janela e viu um relâmpago a iluminar o céu cinzento apenas por um segundo. Momentos mais tarde, outro estrondo de trovão. Mais perto agora.

Pegou numa manta que estava em cima do sofá e sentou-se no tapete diante da lareira. De pernas cruzadas, aconchegou-se na manta até se sentir confortável e ficou a observar a dança das chamas. Noah regressou, viu onde ela estava e foi sentar-se a seu lado. Pousou dois copos e deitou um pouco de uísque em cada um. Lá fora, o céu tornou-se mais escuro.

Um trovão de novo. Forte. A tempestade em plena fúria, o vento a chicotear a chuva em círculos.

— Que tempestade terrível! — exclamou Noah ao ver as gotas a correrem em sulcos verticais pelas janelas. Ele e Allie sentavam-se mais perto um do outro agora, embora sem se tocarem, e Noah via o peito dela erguer-se ligeiramente com cada inspiração, imaginando como seria sentir o corpo dela mais uma vez, e desviando logo o pensamento.

— Gosto disto — disse ela, bebendo um golinho. — Sempre gostei de trovoadas. Mesmo quando era rapariga.

— Porquê? — perguntou Noah só para dizer qualquer coisa, manter o equilíbrio.

— Não sei. Sempre me pareceram românticas.

Ficou em silêncio por um momento e Noah viu as chamas tremeluzindo reflectidas nos olhos de esmeralda de Allie. Depois disse:

— Lembras-te de nos sentarmos juntos a observar a tempestade numa das noites antes de eu partir?

— Claro.

— Costumava pensar nisso o tempo todo depois de ter ido para casa. Pensava sempre no teu aspecto naquela noite. Foi daquela maneira que sempre te recordei.

— E mudei muito?

Ela bebeu outro golo de uísque, sentindo-se mais reconfortada. Tocou na mão dele enquanto lhe respondia.

— Nem por isso. Pelo menos, não nas coisas de que me recordo. Estás mais velho, é claro, com mais vida atrás de ti, mas ainda tens o mesmo brilho nos olhos. Ainda lês poesia e navegas nos rios. E ainda tens essa delicadeza que nem sequer a Guerra conseguiu eliminar.

Noah pensou no que Allie acabava de dizer e sentiu a mão dela a pousar-se na sua, o polegar a fazer círculos lentos.

— Allie, perguntaste-me há bocado do que mais me lembrava daquele Verão. E tu, do que é que tu te lembras?

Demorou um pouco antes de responder. A voz parecia vir-lhe de outro lado.

— Lembro-me de fazer amor. É o que mais me lembro. Foste o meu primeiro amante e era mais maravilhoso do que alguma vez imaginei que pudesse ser.

Noah bebeu um golo de uísque, recordando, trazendo de volta os velhos sentimentos, depois, subitamente, abanou a cabeça. Isto já era difícil que baste. Ela continuou.

— Lembro-me de ter tido tanto medo antes que até tremia, mas estava muito excitada ao mesmo tempo. Fico contente que tenhas sido o primeiro. Fico contente por termos sido capazes de partilhar aquilo.

— Eu também.

— Estavas com tanto medo como eu?

Noah acenou sem falar e ela sorriu à honestidade dele.

— Também achei. Sempre foste assim tímido. Especialmente no começo. Lembro-me de que me perguntaste se já tinha namorado, e quando disse que sim, quase deixaste de me falar.

— Não queria interferir entre vocês os dois.

— Mas no fim interferiste, apesar da tua manifesta inocência — disse ela a sorrir. — E fico contente que o tenhas feito.

— Quando é que lhe contaste sobre nós?

— Assim que cheguei a casa.

— Foi difícil?

— De modo nenhum. Estava apaixonada por ti.

Ela apertou-lhe a mão, e depois soltou-a e aproximou-se. Deu-lhe o braço, embalando-o e descansou a cabeça sobre o ombro dele. Ele podia sentir-lhe o cheiro, doce como a chuva, quente. Ela falou suavemente:

— Lembras-te de me levares a casa, depois do festival? Perguntei-te se querias voltar a ver-me. Tu apenas assentiste sem dizer uma palavra. Não era muito convincente.

— Nunca conheci ninguém como tu antes. Não o conseguia evitar. Não sabia o que dizer.

— Eu sei. Nunca me conseguiste esconder nada. Os teus olhos traíram-te sempre. Tinhas os olhos mais maravilhosos que eu alguma vez vira.

Ela fez então uma pausa, depois levantou a cabeça do ombro dele e olhou-o directamente. Quando falou, a sua voz soou pouco mais alto que um murmúrio.

— Acho que te amei mais nesse Verão do que alguma vez amei alguém.

Os relâmpagos brilharam de novo. Nos momentos de calmaria antes do trovão, os olhos deles encontraram-se enquanto tentavam desfazer os catorze anos, ambos sentindo a mudança ocorrida na véspera. Quando o trovão soou por fim, Noah suspirou e desviou-se dela, em direcção à janela.

— Como gostava que tivesses lido as cartas que te enviei.

Ela ficou em silêncio por bastante tempo.

— Não foste apenas tu que escreveste, Noah. Não te disse, mas escrevi-te uma dúzia de cartas depois de chegar a casa. Só que nunca as enviei.

— Porquê? — Noah estava surpreendido.

— Julgo que tinha, sobretudo, medo.

— De quê?

— De que talvez o que aconteceu connosco não tivesse sido tão real como pensava que era. De que talvez me tivesses esquecido.

— Nunca faria isso. Nem sequer podia pensar nisso.

— Agora sei. Posso vê-lo quando te olho. Mas dantes era diferente. Havia tanta coisa que eu não compreendia, coisas que a mente de uma rapariga não conseguia destrinçar.

— O que é que queres dizer com isso?

Ela fez uma pausa, organizando os pensamentos.

— Como as tuas cartas não chegaram, não sabia o que pensar. Lembro-me de falar com a minha melhor amiga sobre o que aconteceu naquele Verão, e ela disse-me que tu tinhas obtido o que querias e não a surpreenderia que nunca me escrevesses. Eu não acreditava que fosses assim, nunca acreditei, mas ouvindo-a, e pensando em todas as nossas diferenças, fiquei a duvidar de que talvez o Verão não significasse mais para mim do que tinha significado para ti... E depois, enquanto tudo isto ia passando na minha cabeça, tive notícias por Sarah. Ela disse-me que tinhas deixado Nova Berna.

— O Fin e a Sarah sempre souberam onde eu estava...

Ela ergueu a mão para fazê-lo parar.

— Eu sei, mas nunca perguntei. Presumi que tivesses deixado Nova Berna para começar vida nova, uma vida sem mim. Por que outro motivo não me escrevias? Ou não telefonavas? Ou não vinhas ver-me?

Noah desviou os olhos sem responder e ela continuou:

— Eu não sabia, e com o tempo a ferida começou a desaparecer, era mais fácil deixar andar. Pelo menos, eu pensava que era. Mas em cada rapaz que eu encontrava nos anos que se seguiram, descobri-me a procurar por ti, e quando o sentimento se tornava demasiado forte, escrevia-te outra carta. Mas nunca as mandei, com medo do que poderia encontrar. Por essa altura, tu já terias retomado a tua vida e eu não queria pensar em ti apaixonado por outra pessoa. Queria lembrar-me de nós como éramos naquele Verão. Não queria perder isso nunca.

Allie disse tudo isto tão docemente, tão inocentemente, que Noah queria beijá-la quando acabou. Mas não o fez. Em vez disso, lutou contra o impulso e afastou-o, sabendo que isso não era do que ela precisava. Porém, ela parecia-lhe tão maravilhosa, a tocá-lo...

— A última carta que escrevi foi há uns anos. Depois de ter encontrado Lon, escrevi ao teu pai para saber onde tu andavas. Mas já tinha passado tanto tempo desde que te tinha visto, que nem sequer tinha a certeza de que ele ainda estivesse por aqui. E com a Guerra...

Ela abrandou, e ficaram em silêncio por um momento, ambos perdidos em pensamentos. Um relâmpago no céu outra vez, antes de Noah quebrar o silêncio por fim.

— Gostaria que as tivesses posto no correio de qualquer maneira.

— Porquê?

— Só para ter notícias tuas. Para saber o que tinhas andado a fazer.

— Poderias ficar desapontado. A minha vida não é muito excitante. Além disso, já não sou exactamente quem tu recordas.

— És melhor do que o que eu recordo, Allie.

— És um querido, Noah.

Quase parou por aqui, sabendo que, se conservasse as palavras dentro de si, de alguma maneira seria capaz de manter o controlo, o mesmo controlo que tinha mantido nos últimos catorze anos. Mas uma outra coisa o dominava agora e ele cedeu, esperando que, de qualquer modo, os levasse de novo ao que tinham vivido há tanto tempo.

— Não o digo porque sou querido. Digo-o porque te amo agora e sempre te amei. Mais do que possas imaginar.

Um toro estalou na lareira, enviando faúlhas chaminé acima, e ambos repararam nos restos em brasa, quase a apagarem-se. O fogo precisava de outro tronco, mas nenhum se mexeu.

Allie bebeu outro golinho de uísque e começou a sentir os efeitos. Mas não era só o álcool que a fazia agarrar Noah com um pouco mais de força e sentir o calor dele contra si. Relanceando a janela, viu que as nuvens estavam quase negras.

— Deixa-me espevitar o fogo — disse Noah, precisando de pensar, enquanto ela o largava. — Foi até à lareira, abriu o guarda-fogo e acrescentou dois toros. Usou o espevitador para ajeitar as brasas incandescentes, de modo a que a nova madeira pegasse com mais facilidade.

As chamas começaram a subir outra vez, e Noah regressou para junto de Allie. Ela aconchegou-se de novo contra ele, pousando-lhe a cabeça no ombro como fizera antes, sem falar, a mão a acariciar-lhe suavemente o peito. Noah aproximou-se mais e sussurrou-lhe ao ouvido.

— Isto recorda-me de como fomos uma vez. Quando éramos jovens.

Ela sorriu, pensando o mesmo, e ficaram a olhar o fogo e o fumo, abraçando-se.

— Noah, nunca me perguntaste, mas quero que saibas uma coisa.

— O quê?

A voz dela era terna.

— Nunca houve outro, Noah. Tu não foste só o primeiro. Foste o único homem com quem alguma vez estive. Não espero que me digas a mesma coisa, mas queria que soubesses.

Noah ficou silencioso, enquanto se afastava. Ela sentiu-se mais quente a olhar o fogo. A sua mão passeava sobre os músculos debaixo da camisa, duros e firmes, enquanto se encostavam um ao outro.

Ela recordava-se de quando se tinham abraçado assim, aquela que pensavam ser a última vez. Estavam sentados num pontão destinado a manter à distância as águas do rio Neuse. Ela chorava porque corriam o risco de nunca mais voltar a ver-se e perguntava--se como poderia alguma vez ser feliz de novo. Em lugar de responder, ele tinha-lhe enfiado um papel na mão, que ela leu a caminho de casa. Tinha-o guardado, lendo-o ocasionalmente na totalidade ou só por bocados. Uma das partes que lera pelo menos uma centena de vezes, e por um motivo, ocorria-lhe agora ao pensamento. Dizia:

A razão por que dói tanto separarmo-nos é porque as nossas almas estão ligadas. Talvez sempre tenham estado e sempre o fiquem. Talvez tenhamos vivido milhares de vidas antes desta, e em cada uma nos tenhamos reencontrado. E talvez que em cada uma tenhamos sido separados pelos mesmos motivos. Isto significa que esta despedida é, ao mesmo tempo, um adeus pelos últimos dez mil anos e um prelúdio ao que virá.

Quando olho para ti vejo a tua beleza e graça, e sei que cresceram mais fortes em cada vida que viveste. E sei que gastei todas as vidas antes desta à tua procura. Não de alguém como tu, mas de ti, porque a tua alma e a minha têm que andar sempre juntas. E assim, por uma razão que nenhum de nós entende, fomos obrigados a dizer adeus um ao outro.

Adoraria dizer-te que tudo correrá bem para nós, e prometo fazer tudo o que puder para garantir que assim será. Mas se nunca nos voltarmos a encontrar e isto for verdadeiramente um adeus, sei que nos veremos ainda noutra vida. Iremos encontrar-nos de novo, e talvez as estrelas tenham mudado, e nós não apenas nos amemos nesse tempo, mas por todos os tempos que tivemos antes.

Poderia ser assim?, perguntava-se. Poderia ele estar certo?

Ela nunca levou isso muito em conta, querendo agarrar-se à promessa para o caso de ser verdade. A ideia tinha-a ajudado a atravessar muitos momentos difíceis. Mas sentada aqui, agora, parecia testar a teoria de que estavam destinados a ser sempre separados. A não ser que as estrelas tivessem mudado desde a última vez que tinham estado juntos.

E talvez tivessem, mas ela não queria olhar. Em vez disso, inclinou-se para ele e sentiu o calor entre ambos, sentiu o corpo dele, sentiu o braço apertado em torno de si. E o corpo dela começou a tremer com a mesma expectativa que sentira na primeira vez que tinham estado juntos.

Fazia sentido estar aqui. Tudo fazia sentido. O fogo, as bebidas, a tempestade — nada poderia ser mais perfeito. Como por magia, aparentemente, os anos de separação já não contavam.

Uma faísca dividiu o céu, lá fora. O fogo dançava na madeira em brasa, espalhando calor. A chuva de Outubro lançava-se em jactos contra as janelas, afogando todos os outros sons.

Cederam então a tudo aquilo contra o que tinham lutado nos últimos catorze anos. Allie levantou a cabeça do ombro dele, olhou-o com olhos desfocados e Noah beijou-a suavemente nos lábios. Ela levou a mão à cara dele e tocou-lhe a face, aflorando-a suavemente com os dedos. Ele inclinou-se lentamente e beijou-a de novo, ainda doce e terno, e ela retribuiu, sentindo os anos de distância a dissolverem-se em paixão.

Allie fechou os olhos e afastou os lábios, enquanto Noah lhe acariciava os braços, lentamente, levemente. Beijou-lhe o pescoço, a cara, as pestanas, e ela sentiu a humidade da sua boca permanecer onde os lábios tinham tocado. Pegou na mão dele e conduziu-a para os seios e um soluço brotou-lhe da garganta quando ele lhes tocou delicadamente através do tecido da camisa.

O mundo parecia de sonho quando se afastou dele, a luz do fogo tornando-lhe o rosto em brasa. Sem falar, começou a desabotoar-lhe a camisa. Ele observava-a e escutava-lhe a respiração suave enquanto abria caminho para baixo. A cada botão sentia os dedos dela a aflorar-lhe a pele e ela ficou a sorrir-lhe ternamente quando por fim acabou. Noah sentiu-a enfiar as mãos por dentro de si, tocando-o o mais levemente possível, e deixou que as mãos dela lhe explorassem o corpo. Estava quente, e Allie acariciou-lhe o peito, ligeiramente húmido, sentindo-lhe a penugem entre os dedos. Inclinando-se, beijou-lhe docemente o pescoço enquanto lhe despia a camisa, prendendo-lhe os braços atrás das costas. Levantou a cabeça e deixou que ele a beijasse enquanto movia os ombros para se libertar das mangas.

Depois disso, lentamente ele procurou-a. Subiu-lhe a camisa e passou os dedos devagar através da barriga antes de lhe levantar os braços e a fazer escorregar. Allie sentiu faltar-lhe o ar quando ele baixou a cabeça e a beijou entre os seios e demoradamente fez a língua subir até ao pescoço. As mãos acariciavam-lhe as costas, os braços, os ombros, e sentiu os seus corpos quentes encostarem-se um ao outro, pele contra pele. Noah beijou-lhe o pescoço e mordiscou-a enquanto ela erguia as ancas e o deixava retirar-lhe a parte de baixo. Allie procurou o botão das calças de ganga, abriu-o e ficou a observar enquanto ele também as despia. Foi quase em câmara lenta que os seus corpos finalmente se uniram, ambos a tremer com a memória do que uma vez tinham partilhado.

Ele percorreu com a língua o pescoço dela enquanto as mãos se moviam sobre a pele quente e macia dos seios, pela barriga abaixo, para lá do umbigo, e de novo para cima. Estava espantado com a sua beleza. O cabelo brilhante captava a luz e reflectia-a. A pele era macia e maravilhosa, quase reluzente à luz da lareira. Sentiu as mãos dela nas suas costas, chamando-o.

Deitaram-se junto ao fogo e o calor fazia o ar parecer espesso. Allie arqueava ligeiramente as costas quando ele se lhe colocou por cima num movimento fluido. Estava de gatas por cima dela, os joelhos a par das ancas. Ela levantou a cabeça e beijou-lhe o queixo e o pescoço, com a respiração ofegante, lambendo-lhe os ombros, e provando o suor que lhe pairava sobre a pele. Passou-lhe as mãos pelos cabelos enquanto Noah se segurava por cima dela, os músculos dos braços duros da tensão. Com um ligeiro esgar tentador, Allie puxou-o para mais perto, mas ele resistiu. Em vez disso, baixou-se e esfregou ligeiramente o seu peito contra o dela, e ela sentiu o seu corpo reagir com expectativa. Fê-lo lentamente, uma vez e outra, beijando-lhe todas as partes do corpo, escutando-a a lançar sons brandos e soluçantes enquanto ele se movia por cima dela.

Continuou com isto até ela não aguentar mais, e quando finalmente os seus corpos se fundiram, ela gritou alto e enterrou-lhe os dedos nas costas. Escondeu a cara no pescoço dele e sentiu-o fundo dentro de si, sentiu-lhe a força e a delicadeza, sentiu-lhe os músculos e a alma. Movia-se ritmicamente contra ele, permitindo-lhe que a tomasse sempre que quisesse, a levasse para o lugar em que tinha que estar.

Ela abriu os olhos e observou-o à luz da lareira, maravilhando-se com a beleza dele a mover-se por cima de si. Viu o seu corpo brilhar com suor cristalino e reparou nas pérolas que lhe desciam pelo peito e caíam sobre ela como a chuva lá fora. E com cada gota, com cada respiração, ela sentiu-se a si própria, toda a responsabilidade, todas as facetas da sua vida, a desaparecerem.

Os corpos reflectiam todas as coisas dadas, todas as coisas roubadas, e Allie era recompensada com uma sensação que ela jamais soubera existir. E continuou outra vez e outra, a tinir pelo seu corpo e aquecendo-a antes de, por fim, dar de si, e ela lutava com falta de ar enquanto tremia debaixo dele. Mas no momento em que acabara, outro principiava a construir-se, e começou a senti-los em longas sequências, um logo após o outro. Na altura em que a chuva tinha acabado de cair e o Sol se tinha posto, o corpo dela estava exausto mas sem vontade de pôr fim ao prazer de ambos.

Passaram o dia nos braços um do outro, alternadamente fazendo amor junto ao fogo e depois abraçando-se enquanto olhavam para as chamas em movimento em volta da madeira. Por vezes, ele recitava um dos seus poemas favoritos enquanto ela permanecia deitada ao lado dele, escutando com os olhos fechados e quase sentindo as palavras. Depois, quando estavam de novo prontos, juntavam-se outra vez e ele murmurava palavras de amor entre beijos, enquanto passavam os braços à volta um do outro.

E continuaram pela noite dentro, tentando recompensar-se pelos anos de distância, e dormiram nos braços um do outro naquela noite. Ocasionalmente ele acordava e olhava para ela, para o corpo dela cansado e radiante, e sentia que subitamente tudo fazia sentido neste mundo.

Numa das vezes, quando ele a espreitava nos momentos que precederam a aurora, os olhos dela pestanejaram e abriram-se e ela sorriu e levantou o braço para lhe tocar na cara. Ele pousou-lhe os dedos nos lábios, docemente, a proibi-la de falar, e durante um longo tempo ficaram apenas a olhar um para o outro.

Quando o nó que ele tinha na garganta se dissolveu, sussurrou-lhe:

— Tu és a resposta para todas as minhas orações. És uma canção, um sonho, um murmúrio e não sei como pude viver sem ti durante tanto tempo como vivi. Amo-te Allie, mais do que alguma vez poderás imaginar. Sempre te amei e sempre te amarei.

— Oh Noah — disse ela, puxando-o para si. — Queria-o, precisava dele agora mais do que nunca, duma maneira que nunca tinha experimentado.

TRIBUNAIS

Mais tarde, nessa manhã, três homens — dois advogados e um juiz — sentavam-se na sala do tribunal. Lon acabava de falar. Ainda demorou um momento antes que o juiz respondesse.

— É um pedido invulgar — disse, ponderando a situação. — Parece-me que o julgamento podia muito bem terminar hoje. Quer então dizer que este assunto urgente não pode esperar até logo à tarde ou amanhã?

— Não, senhor Doutor Juiz, não pode — respondeu Lon, quase depressa de mais. — Fica descontraído, disse a si próprio. Respira fundo.

— E não tem nada a ver com este caso?

— Não, senhor Doutor Juiz. É de carácter pessoal. Eu sei que é invulgar, mas preciso mesmo de o resolver. Preciso mesmo!

O juiz inclinou-se para trás na cadeira, avaliando-o por um momento.

— E o Doutor Bates, o que é que pensa do assunto?

Limpou a garganta.

— O Doutor Hammond telefonou-me hoje de manhã e já falei com os meus clientes. Estão dispostos a aceitar um adiamento até segunda-feira.

— Estou a ver — disse o juiz. — E acredita que é no melhor interesse dos seus clientes fazer isto?

— Creio que sim — respondeu. — O Doutor Hammond concordou em reabrir a discussão sobre um certo assunto não incluído neste julgamento.

O juiz olhou com severidade para ambos e ficou a pensar.

— Não gosto disto — disse por fim —, não gosto mesmo nada. Mas o Doutor Hammond nunca antes fez um pedido semelhante, e presumo que o assunto seja muito importante para ele.

Fez uma pausa para aumentar o efeito, depois olhou para alguns papéis em cima da secretária.

— Concordo em adiar até segunda-feira. Às nove horas em ponto.

— Muito obrigado, senhor Doutor Juiz — disse Lon.

Dois minutos mais tarde abandonava o tribunal. Foi até ao carro que estacionara directamente do outro lado da rua, entrou e partiu a guiar em direcção de Nova Berna, com as mãos a tremer.

UMA VISITA INESPERADA

Noah fez o pequeno-almoço para Allie enquanto ela dormia na sala de estar. Presunto frito, torradas e café, nada de espectacular. Pôs o tabuleiro ao lado de Allie no momento em que ela acordava, e assim que acabaram de comer, fizeram amor outra vez. Era incansável, uma poderosa confirmação do que haviam partilhado no dia anterior. Allie arqueou as costas e gritou ferozmente na irresistível torrente final da sensação, depois abraçou-o enquanto respiravam em uníssono, exaustos.

Tomaram um duche juntos e a seguir Allie vestiu o vestido que secara durante a noite. Passou a manhã com Noah. Juntos deram de comer a *Clem* e foram inspeccionar as janelas para confirmar que nenhum estrago tinha sido feito pela tempestade. Dois pinheiros tinham caído ali perto, embora nenhum tivesse causado muitos prejuízos, e algumas das telhas de madeira tinham sido arrancadas da arrecadação mas, para além disso, a propriedade escapara incólume.

Permaneceram de mão dada durante toda a manhã e os dois conversaram com facilidade mas, de vez em quando, ele parava de falar e ficava a olhar fixamente para ela. Quando o fazia, ela sentia-se como se tivesse que dizer alguma coisa, mas nada de significativo lhe vinha à cabeça. Perdida nos pensamentos, acabava apenas por beijá-lo.

Um pouco antes do meio-dia, Noah e Allie entraram para preparar o almoço. Estavam ambos esfomeados outra vez, porque pouco tinham comido no dia anterior. Preparando o que havia a jeito, fritaram frango, meteram no fogão outra fornada de biscoitos e comeram no alpendre, acompanhados pela serenata de um tordo.

Enquanto estavam lá dentro a lavar a loiça, ouviram bater à porta. Noah deixou Allie na cozinha.

Bateram de novo.

— Já vou — disse Noah.

Toc, toc. Mais alto.

Aproximou-se da porta.

Toc, toc.

— Já vou — repetiu, enquanto abria a porta.

— *Oh! Meu Deus.*

Ficou por um momento a fixar uma bela mulher dos seus cinquenta anos, uma mulher que reconheceria em qualquer lado.

Noah não conseguia falar.

— Olá, Noah — disse ela por fim.

Noah não dizia nada.

— Posso entrar? — perguntou, a voz firme, sem revelar nada.

Ele gaguejou uma resposta enquanto ela o ultrapassava, parando mesmo junto às escadas.

— Quem é? — gritou Allie da cozinha e a mulher virou-se ao som da voz dela.

— É a tua mãe — respondeu Noah por fim e, imediatamente, assim que o disse, ouviu o som de um copo a partir-se.

— Sabia que haviam de estar aqui — disse Anne Nelson para a filha, enquanto os três se sentavam em volta da mesa na sala.

— Como podia ter tanta certeza?

— És minha filha. Um dia, quando tiveres filhos teus, saberás a resposta. — Sorriu, mas os modos eram rígidos, e Noah imaginava quão difícil isto deveria ser para ela. — Também vi o artigo no jornal e vi a tua reacção. Também vi como andaste tensa durante as duas últimas semanas e quando disseste que vinhas fazer compras junto à costa, sabia exactamente o que pretendias fazer.

— E o pai?

Anne Nelson abanou a cabeça.

— Não, não contei ao teu pai nem a mais ninguém sobre o assunto. E também não disse a ninguém aonde vinha hoje.

Fez-se silêncio, por um momento, enquanto pensavam no que iria acontecer a seguir, mas Anne continuava calada.

— Por que é que veio? — perguntou Allie por fim.

A mãe levantou uma sobrancelha.

— Pensei que era eu quem tinha que fazer essa pergunta.

Allie empalideceu.

— Eu vim porque tinha que vir — disse a mãe —, o que calculo seja a mesma razão por que tu vieste. Estou certa?

Allie assentiu com a cabeça.

Anne virou-se para Noah.

— Estes dois últimos dias devem ter sido cheios de surpresas.

— Sim — respondeu ele simplesmente, e ela sorriu-lhe.

— Eu sei que não deves achar isso, mas sempre gostei de ti, Noah. Só que pensei que não eras o homem ideal para a minha filha. Consegues entender isto?

Ele abanou a cabeça enquanto respondia, num tom sério.

— Não, de facto não posso. Era injusto quanto a mim, e injusto para com Allie. Se não fosse, ela não estaria aqui.

Ela observava-o enquanto respondia, mas não disse nada. Allie, pressentindo uma discussão, interrompeu:

— O que é que queria significar quando disse que tinha de vir? Não tem confiança em mim?

Anne virou-se para a filha.

— Isto não tem nada a ver com confiança. Isto tem a ver com o Lon. Ele telefonou lá para casa ontem à noite para falar comigo acerca de Noah, e vem aí a caminho agora mesmo. Parecia muito perturbado. Pensei que gostarias de saber.

Allie inspirou bruscamente.

— Vem a caminho?

— Neste mesmo momento em que estamos a falar. Fez diligências para conseguir que o julgamento fosse adiado para a próxima semana. Se não estiver já em Nova Berna, está perto.

— O que é que lhe disse?

— Não muito. Mas ele sabia. Tirou as suas conclusões. Lembrava-se de me ter ouvido falar de Noah há muito tempo.

Allie engoliu em seco.

— Disse-lhe que eu estava aqui?

— Não. E não direi. Isso é entre ti e ele. Mas conhecendo-o, tenho a certeza de que te descobrirá aqui se ficares. Tudo o que é preciso é uns quantos telefonemas às pessoas certas. Apesar de tudo, até eu fui capaz de te encontrar.

Allie, embora evidentemente preocupada, sorriu para a mãe.

— Obrigada — disse, e a mãe esticou o braço para lhe pegar na mão.

— Sei que temos tido as nossas incompatibilidades, Allie, e que não temos estado de acordo quanto a muita coisa. Não sou perfeita, mas fiz o melhor que pude ao educar-te. Sou a tua mãe e sempre o serei. Isso significa que sempre te amarei.

Allie ficou em silêncio durante um momento, e depois:

— O que devo fazer?

— Não sei, Allie. Isso é contigo. Mas eu pensaria no assunto. Pensaria no que é que tu verdadeiramente queres.

Allie desviou o olhar, com os olhos a ficarem vermelhos. Um momento mais tarde, caíram-lhe lágrimas pela face.

— Não sei... — disse lentamente, e a mãe apertou-lhe a mão. Anne olhou para Noah, que estivera sentado de cabeça baixa, ouvindo com muita atenção. Como obedecendo à deixa, ele devolveu-lhe o olhar, acenou e deixou a sala.

Assim que ele saiu, Anne sussurrou:

— Tu ama-lo?

— Sim, amo — respondeu Allie docemente —, amo-o muito.

— E amas Lon?

— Sim, amo-o. Também o amo. Com muito carinho, mas de maneira diferente. Ele não me faz sentir como Noah faz.

— Nunca ninguém irá fazer isso — disse a mãe, e libertou a mão de Allie. — Eu não posso tomar esta decisão por ti, Allie, é toda tua. Mas quero que saibas que te amo. E sempre amarei. Sei que isto não ajuda, mas é o máximo que posso fazer.

Procurou na algibeira e retirou dela um molho de cartas atadas juntas com uma fita, os envelopes velhos e ligeiramente amarelecidos.

— Estas são as cartas que Noah te escreveu. Nunca as deitei fora, e não foram abertas. Sei que não as deveria ter escondido de ti, e lamento-o. Mas estava apenas a tentar proteger-te. Não imaginava...

Allie pegou nelas e passou-lhes a mão por cima, chocada.

— Tenho que ir, Allie. Tens algumas decisões a tomar e não tens muito tempo. Queres que fique na cidade?

Allie abanou a cabeça.

— Não, isto é comigo.

Anne assentiu com a cabeça e ficou a observar a sua filha durante um momento, a imaginar. Por fim, levantou-se, deu a volta à mesa, e beijou-a na cara. Podia ver a pergunta a bailar-lhe nos olhos no momento em que Allie se levantou da mesa e a abraçou.

— O que é que vais fazer? — perguntou a mãe, afastando-se. Houve um longo silêncio.

— Não sei — respondeu Allie por fim.

Ficaram ali de pé por mais um minuto, abraçadas.

— Obrigada por ter vindo — disse Allie. — Gosto muito de si.

— Eu também gosto muito de ti.

Já a caminho da porta, Allie pensou ter ouvido a mãe a murmurar, «Segue o teu coração», mas não podia ter a certeza.

CAMINHOS CRUZADOS

Noah abriu a porta a Anne Nelson para a deixar sair.

— Adeus, Noah — disse calmamente. — Ele abanou a cabeça sem falar. Não havia mais nada a dizer, ambos sabiam isso. Ela virou-lhe as costas e partiu, fechando a porta atrás de si. Noah ficou a observá-la a caminhar até ao carro, entrar e arrancar sem olhar para trás. Era uma mulher forte, pensou para consigo, e sabia a quem Allie tinha saído.

Noah espreitou para a sala, viu Allie sentada de cabeça baixa, depois foi para o alpendre, sabendo que ela precisava de ficar só. Sentou-se silenciosamente na sua cadeira de balanço a observar a água a correr enquanto os minutos passavam.

Depois do que lhe pareceu uma eternidade ouviu a porta dos fundos a abrir-se. Não se virou logo para olhar para ela — por algum motivo não podia — e ficou a ouvir enquanto ela se sentava na cadeira ao seu lado.

— Desculpa — disse Allie. — Não fazia ideia que isto pudesse acontecer.

Noah abanou a cabeça.

— Não peças desculpa. Ambos sabíamos que isto ia acontecer de uma maneira ou de outra.

— Mesmo assim é duro.

— Eu sei. — Por fim virou-se para ela, tentando pegar-lhe na mão. — Há alguma coisa que eu possa fazer para tornar tudo mais fácil?

Allie abanou a cabeça.

— Não. Nem por isso. Tenho que fazer isto sozinha. Além disso, ainda não sei bem o que lhe vou dizer. — Ela olhou para baixo e a voz tornou-se um pouco mais doce e mais distante, como se estivesse a falar consigo própria. — Acho que tudo depende dele, e do que souber. Se a minha mãe estava correcta, pode ter suspeitas, mas não sabe nada ao certo.

Noah sentiu um aperto no estômago. Quando por fim falou tinha a voz firme, mas ela podia ouvir-lhe a dor.

— Tu não lhe vais contar acerca de nós, pois não?

— Não sei. Na verdade, não sei. Enquanto estive ali na sala, não parava de me perguntar o que queria de facto da minha vida. — Ela apertou-lhe a mão. — E sabes qual era a resposta? A resposta era que eu queria duas coisas. Primeiro, quero-te a ti. Quero-nos a nós. Eu amo-te e sempre te amei.

Respirou fundo antes de continuar.

— Mas também quero um final feliz sem ferir ninguém. E sei que, se eu ficasse, algumas pessoas ficariam feridas. Especialmente Lon. Não te menti quando disse que o amava. Ele não me faz sentir como tu fazes, mas preocupo-me com ele, e isto não seria justo para ele. Mas ficar aqui iria também ferir a minha família e os meus amigos. Estaria a trair toda a gente que conheço... Não sei se consigo fazer isso.

— Não podes viver a tua vida para os outros. Tens que fazer o que está certo para ti, mesmo que possa vir a ferir as pessoas que amas.

— Eu sei — disse ela —, mas o que quer que escolha tenho que viver com isso. Para sempre. Tenho que ser capaz de andar em frente sem olhar para trás. Podes entender isso?

Ele abanou a cabeça e tentou manter a voz firme.

— Nem por isso. Não, se significa perder-te. Não conseguirei suportá-lo outra vez.

Ela não disse nada mas baixou a cabeça. Noah continuou:

— Eras mesmo capaz de me abandonar sem olhar para trás?

Ela mordeu o lábio enquanto respondia. A voz estava a começar a falhar-lhe:

— Não sei. Provavelmente não.

— Seria justo para Lon?

Não respondeu logo. Em vez disso levantou-se, limpou a cara, e foi até à beira do alpendre onde se encostou de encontro a um poste. Cruzou os braços e ficou a olhar o rio antes de responder baixinho.

— Não.

— Não tem que ser assim, Allie — disse ele. — Agora somos adultos, temos uma possibilidade de escolha que antes não tínhamos. Fomos feitos para estar juntos. Sempre o estivemos.

Foi para o seu lado e pôs-lhe a mão no ombro.

— Não quero viver o resto da minha vida a pensar em ti e a sonhar com o que poderia ter sido. Fica comigo, Allie.

Os olhos dela começaram a encher-se de lágrimas.

— Não sei se posso — murmurou por fim.

— Podes, Allie... Não posso ser feliz sabendo que estás com outro. Isso iria matar parte de mim. O que nós temos é extraordinário. Demasiado belo para ser deitado fora assim.

Ela não reagiu. Após um momento, delicadamente, ele virou-a para si, pegou-lhe nas mãos e ficou-se a olhá-la, forçando-a a olhar para ele. Por fim, Allie encarou-o com os olhos húmidos. Após um longo silêncio, Noah limpou-lhe as lágrimas das faces com os dedos, com uma expressão de ternura. A voz dele regressou quando ele viu o que os olhos dela lhe estavam a dizer.

— Tu não vais ficar, pois não? — sorriu debilmente. — Queres, mas não podes.

— Oh, Noah — disse ela, quando as lágrimas recomeçaram —, por favor, tenta compreender...

Ele abanou a cabeça para fazê-la calar.

— Eu sei o que estás a tentar dizer; posso vê-lo nos teus olhos. Mas não o quero compreender, Allie. Não quero que isto acabe de maneira nenhuma. Mas, se partires, sabemos ambos que nunca mais nos voltaremos a ver.

Ela encostou-se a ele e começou a chorar com mais força enquanto Noah tentava repelir as suas próprias lágrimas.

Pôs os braços à volta dela.

— Allie, não posso forçar-te a ficar comigo. Mas o que quer que aconteça na minha vida, nunca esquecerei estes últimos dois dias contigo. Há anos que sonhava com isto.

Beijou-a docemente, e beijaram-se como o tinham feito da primeira vez que ela saíra do carro dois dias antes. Por fim, Allie soltou-se dele e limpou as lágrimas.

— Tenho que ir buscar as minhas coisas, Noah.

Ele não a acompanhou. Em vez disso, sentou-se na cadeira de balanço, exausto. Viu-a entrar na casa e ficou a ouvir até que os sons dos movimentos se dissolveram no nada. Ela emergiu da casa minutos mais tarde com tudo o que trouxera e caminhou até ele de cabeça baixa. Passou-lhe o desenho que tinha feito na manhã da véspera. Quando ele pegou no desenho, reparou que não parara de chorar.

— Toma, Noah. Fiz isto para ti.

Noah pegou no desenho e desenrolou-o devagarinho, com cuidado para não o rasgar.

Tinha imagens duplas, uma sobrepondo-se à outra. A figura em primeiro plano, que ocupava a página quase na totalidade, era um retrato de como ele se parecia agora, e não há catorze anos. Noah reparou que ela tinha esboçado todos os detalhes da sua cara, até a cicatriz. Era quase como se o tivesse copiado de uma fotografia recente.

A segunda imagem era da frontaria da casa. Também aí os pormenores eram incríveis, como se a tivesse esboçado sentada debaixo do carvalho.

— É maravilhoso, Allie. Obrigado. — Esforçou um sorriso. — Disse-te que eras uma artista. — Ela assentiu com a cabeça, a cara para baixo, os lábios comprimidos juntos. Tinha chegado o momento de partir.

Caminharam lentamente até ao carro dela, sem falar. Quando o alcançaram, Noah beijou-a de novo até que pôde sentir as lágrimas a incharem nos seus próprios olhos. Beijou-lhe os lábios e ambas as faces, depois delicadamente com os dedos afagou as partes que tinha beijado.

— Eu amo-te, Allie.

— Eu também te amo.

Noah abriu-lhe a porta do carro, e beijaram-se mais uma vez. Depois ela colocou-se detrás do volante, nunca desviando os olhos dos dele. Pôs o pacote das cartas e o livro de apontamentos junto de si no assento e procurou as chaves, depois ligou a ignição. Arrancou facilmente e o motor começou a funcionar impaciente. Estava quase na hora.

Noah empurrou-lhe a porta até a fechar com as duas mãos, e Allie baixou a janela. Podia ver os músculos dos braços dele, o sorriso fácil, o rosto bronzeado. Esticou a mão e Noah pegou-lhe por um breve momento, acariciando-a ternamente.

«Fica comigo», verbalizou Noah sem som, e isto, por um motivo qualquer, feriu mais do que Allie podia esperar. As lágrimas começavam a correr com força agora, mas ela não conseguia falar. Por fim, relutante, desviou os olhos e libertou a mão. Engatou o carro e soltou a embraiagem apenas um bocadinho. Se não partisse agora, nunca partiria. Noah recuou apenas um pouco enquanto o automóvel começava a rolar em despedida.

Ele caiu num estado próximo do transe quando se apercebeu da realidade da situação. Ficou a observar o carro a rodar lentamente para diante, ouviu o ranger do cascalho sob as rodas. Devagar, a viatura começou a afastar-se dele em direcção à estrada que a levaria de volta à cidade. Partia — ela estava a ir-se embora! — e Noah sentiu-se tonto com aquela visão.

A deslocar-se lentamente... para além dele agora...

Ela acenou uma última vez sem sorrir, antes de começar a acelerar, e ele acenou fracamente em resposta. «Não vás!» queria gritar enquanto o carro avançava para mais longe. Mas não disse nada, e um minuto mais tarde o automóvel tinha partido e os únicos sinais que restavam de Allie eram as marcas dos pneus que deixara atrás de si.

Ficou ali sem se mexer durante muito tempo. Tão depressa como viera, ela tinha partido. Desta vez para sempre. Para sempre.

Fechou os olhos então e ficou a ouvi-la a partir mais uma vez, o carro a mover-se firmemente para longe de si, levando-lhe consigo o coração.

Mas, como a mãe, apercebeu-se ele tristemente, ela nunca olhava para trás.

UMA CARTA DE ONTEM

Conduzir com os olhos cheios de lágrimas era difícil, mas ela continuou, apesar de tudo, esperando que o instinto a levasse de volta ao hotel. Manteve a janela aberta, pensando que o ar fresco lhe pudesse permitir clarear as ideias, mas isso não parecia estar a ajudar.

Sentia-se cansada, e perguntava-se se teria a energia necessária para falar com Lon. E o que iria ela dizer-lhe? Ainda não fazia ideia mas esperava que algo lhe ocorresse quando o momento chegasse.

Teria que chegar.

Pela altura em que alcançou a ponte móvel que levava a Front Street, já se tinha conseguido controlar um pouco mais. Não completamente, mas o suficiente, pensou ela, para falar com Lon. Pelo menos esperava que sim.

Havia pouco trânsito e teve tempo para observar os estranhos a seguir as suas vidas enquanto atravessava Nova Berna. Numa bomba de gasolina, um mecânico olhava para dentro da capota de um carro novo enquanto um homem, presumivelmente o seu proprietário, estava de pé ao lado dele. Duas mulheres empurravam carrinhos de bebé mesmo à beira de Hoffman-Lane, conversando enquanto viam as montras. Diante da Joalharia Hearns, um homem bem vestido caminhava energicamente, levando uma pasta.

Deu outra volta e viu um jovem a descarregar mercearias de um camião que bloqueava parte da rua. Qualquer coisa na maneira como ele se movimentava recordava-lhe Noah a arranjar os caranguejos na ponta da doca.

Viu o hotel mesmo no topo da rua no momento em que um sinal vermelho a fez parar. Respirou fundo quando a luz mudou para verde e guiou devagar até que chegou ao parque de estacionamento que o hotel partilhava com algumas lojas ao lado. Virou para entrar e viu o carro de Lon estacionado no primeiro espaço. Embora o espaço mesmo ao lado estivesse vazio, ela passou por ele e escolheu um sítio um pouco mais longe da entrada.

Virou a chave e o motor parou imediatamente. Em seguida abriu o porta-luvas à procura de um espelho e uma escova, descobrindo-os em cima de um mapa da Carolina do Norte. Ao mirar-se, viu que ainda tinha os olhos vermelhos e inchados. Como na véspera, depois da chuva, enquanto examinava o seu reflexo, lamentou não ter nenhuma maquilhagem, embora duvidasse de que isso agora ajudasse muito. Tentou puxar o cabelo para trás, de um dos lados, tentou dos dois lados, e por fim desistiu.

Pegou no livro de apontamentos, abriu-o e mais uma vez olhou para o artigo que a trouxera aqui. Tantas coisas acontecera desde então — era difícil de acreditar que tivessem passado apenas três semanas. Parecia-lhe impossível que tivesse chegado ali apenas dois dias antes. Parecia que tinha passado uma vida inteira desde o seu jantar com Noah.

Os estorninhos chilreavam nas árvores ali em volta. As nuvens tinham agora começado a separar-se e Allie podia ver o azul por entre manchas de branco. O sol ainda estava ensombrado, mas sabia que era apenas uma questão de tempo. Ia ser um belo dia.

Um dia que ela gostaria de ter passado com Noah e, enquanto pensava nele, lembrou-se das cartas que a mãe lhe tinha dado e pegou nelas.

Desatou o pacote e descobriu a primeira carta que ele lhe tinha escrito. Começou a abri-la, depois parou porque conseguia adivinhar o que tinha dentro. Algo de simples, sem dúvida — coisas que tinha feito, recordações, memórias do Verão, talvez algumas perguntas. Apesar de tudo, provavelmente ainda esperava uma resposta dela. Em vez disso pegou na última carta que ele lhe escrevera, a do fundo da pilha. A carta do adeus. Esta interessava-lhe muito mais do que as outras. Como é que ele o tinha dito? Como é que ela o teria dito?

O sobrescrito era fino. Uma, talvez duas páginas. O que quer que ele tivesse escrito não era muito longo. Primeiro virou-a e verificou a parte de trás. Sem nome, apenas um endereço em Nova Jersey. Suspendeu a respiração quando usou a unha do dedo pequenino para a abrir.

Ao desdobrá-la, viu que estava datada de Março de 1935.

Dois anos e meio sem uma resposta.

Imaginava-o sentado a uma velha secretária, trabalhando na carta, sabendo de alguma maneira que isto era o fim, e ela viu o que pensou serem marcas de lágrimas no papel. Provavelmente era imaginação sua.

Endireitou a página e começou a ler à luz amena do Sol que brilhava através da janela.

Minha querida Allie,

Não sei mais o que dizer excepto que não pude dormir na noite passada porque sabia que tudo acabou entre nós. É um sentimento diferente para mim, algo que nunca esperei mas, olhando para trás, suponho que não poderia ter acabado de outra maneira. Tu e eu éramos diferentes. Viemos de mundos diferentes e, no entanto, foste tu quem me ensinou o valor do amor. Mostraste-me o que era gostar de outra pessoa e sou um homem melhor por causa disso. Quero que nunca o esqueças.

Não me sinto amargo pelo que aconteceu. Pelo contrário. Estou seguro de que o que nós tivemos foi real, e fico feliz por nos ter sido possível estar juntos mesmo por um breve período de tempo. E se, nalgum lugar distante do futuro, nos virmos um ao outro nas nossas vidas, sorrirei para ti com alegria, e recordarei como passámos um Verão debaixo das árvores, aprendendo um com o outro e crescendo em amor. E talvez, por um breve momento, tu também o sintas, e sorrias também, e saboreies as memórias que sempre partilharemos.

Amo-te, Allie.

Noah

Leu a carta outra vez, mais devagar agora, depois leu-a uma terceira vez antes de a pôr de novo no sobrescrito. Uma vez mais, imaginou-o a escrevê-la e, por um momento, considerou a possibilidade de ler outra, mas sabia que não podia demorar mais. Lon estava à espera dela.

Sentiu as pernas fracas quando saiu do carro. Fez uma pausa, respirou fundo e quando começou a atravessar o parque, apercebeu-se de que ainda não tinha a certeza do que é que lhe ia dizer.

E a resposta não veio senão quando por fim alcançou a porta e a abriu e viu Lon de pé na recepção.

INVERNO PARA DOIS

A história acaba aqui, por isso fecho o livro de apontamentos, tiro os óculos e limpo os olhos. Estão cansados e raiados de sangue, mas até aqui nunca me traíram. Em breve ficarão mais fracos, tenho a certeza. Nem eles nem eu podemos continuar para sempre. Olho-a agora que acabei, mas ela não retribui este olhar. Em vez disso tem a atenção fixa fora da janela, no pátio, onde amigos e família se encontram.

Os meus olhos seguem os dela e observamos juntos. Em todos estes anos a rotina diária não mudou. Todas as manhãs, uma hora depois do pequeno-almoço, começam a chegar. Adultos jovens, sós ou com a família, vêm visitar os que vivem aqui. Trazem fotografias e prendas e cada um senta-se nos bancos ou passeia ao longo dos caminhos ladeados de árvores concebidos para proporcionarem um ambiente natural. Alguns vão ficar durante todo o dia, mas a maior parte vai-se embora depois de umas poucas horas e, quando o fazem, sinto sempre tristeza por aqueles que deixaram ficar para trás. Pergunto-me, às vezes, o que pensarão os meus amigos quando vêm os seus entes queridos afastarem-se nos carros, mas sei que não tenho nada com isso. E nem sequer alguma vez lhes pergunto porque aprendi que todos temos direito aos nossos segredos.

Mas em breve contar-vos-ei alguns dos meus.

Coloco o livro de apontamentos e a lente de aumentar na mesa a meu lado, sentindo a dor nos ossos quando o faço, e mais uma vez me apercebo de como o meu corpo está frio. Mesmo ler ao sol matinal nada faz para o aliviar. No entanto, isto já não me surpreende, porque o corpo impõe-me agora as suas próprias regras. Porém, não sou completamente infeliz. As pessoas que trabalham aqui conhecem-me e conhecem os meus defeitos, e fazem o melhor que podem para me darem algum conforto. Deixaram-me chá quente na mesa do fundo, e pego no bule com as duas mãos. É um grande esforço deitar chá numa chávena, mas faço-o porque o chá é necessário para me aquecer, e penso que a dificuldade do exercício evitará que enferruje completamente. Embora já o esteja agora, não há dúvidas. Enferrujado como um carro há vinte anos numa sucata dos pântanos da Florida.

Estive a ler para ela esta manhã, como todas as manhãs, porque é uma coisa que tenho de fazer. Não é por obrigação — embora ache que isso conte —, mas por outro motivo, mais romântico. Gostava de poder explicá-lo melhor agora mesmo, mas ainda é cedo, já não é possível falar de romance antes do almoço, pelo menos para mim, não é. Além disso, não faço ideia de como vai acabar e, para ser sincero, não gostava de aumentar muito as minhas esperanças.

Vivemos todo e cada dia juntos agora, mas as nossas noites passamo-las sozinhos. Os médicos dizem-me que não tenho autorização para a ver depois do sol-pôr. Compreendo completamente as razões e, embora concorde com elas, às vezes quebro as regras. Tarde na noite, quando a minha disposição é apropriada, escapo-me do meu quarto e vou até ao dela vê-la enquanto dorme. Disto ela não sabe nada. Eu entro e observo-a a respirar e sei que se não fosse por ela, eu nunca teria casado. E quando lhe revejo o rosto, um rosto que conheço melhor que o meu, sei que signifiquei tanto ou mais para si. E isto significa mais para mim do que alguma vez poderei explicar.

Às vezes, quando estou ali de pé, penso na sorte que tive por ter estado casado com ela quase quarenta e nove anos. Completará esse tempo no próximo mês. Ela ouviu-me ressonar durante os primeiros quarenta e cinco, mas desde então passámos a dormir em quartos separados. Não durmo bem sem ela. Mexo-me e viro-me e anseio pelo calor dela e fico ali a maior parte da noite, olhos bem abertos, a observar as sombras a dançar através dos tectos como os emaranhados de ervas a revolverem-se e a rolar através do deserto. Durmo duas horas com sorte, e ainda acordo antes da aurora. Isto não faz sentido para mim.

Em breve, acabará. Eu sei. Ela não. As entradas no meu diário tornaram-se mais curtas e levam pouco tempo a escrever. Agora torno-as mais simples, dado que a maioria dos meus dias é igual. Mas hoje penso que vou copiar um poema que uma das enfermeiras descobriu para mim e achou que eu ia gostar. É assim:

Nunca fui surpreendido tão docemente
Antes dessa hora com tão súbito amor,
A face florescia-lhe como uma doce flor
E roubou-me o coração completamente.

Porque as nossas noites são nossas, têm-me pedido para visitar os outros. Normalmente faço-o, porque eu sou o leitor e precisam de mim, ou dizem-me que precisam. Ando pelos corredores e escolho onde quero ir porque sou demasiado velho para me dedicar a um horário, mas lá no fundo sei sempre quem precisa de mim. Eles são os meus amigos e quando lhes empurro as portas para as abrir, vejo quartos parecidos com o meu, sempre semiobscurecidos, iluminados apenas pelas luzes da *Roda da Fortuna* e os dentes dos locutores. A mobília é a mesma para todos, e as televisões ribombam porque já ninguém consegue ouvir bem.

Homens ou mulheres, sorriem-me quando entro, e falo em murmúrios após desligarem os aparelhos. «Fico tão contente por teres vindo», dizem, e então perguntam-me pela minha mulher. Às vezes respondo-lhes. Posso contar-lhes da doçura e do encanto dela e descrever como me ensinou a ver o mundo como o lugar maravilhoso que é. Ou conto-lhes sobre os nossos anos juntos e explico como tínhamos tudo o que precisávamos quando nos abraçávamos debaixo do céu estrelado do Sul. Em ocasiões especiais murmurava sobre as nossas aventuras juntos, sobre exposições de arte em Nova Iorque e Paris, ou sobre os comentários delirantes de críticos escrevendo em linguagens que não compreendo. Na maior parte das vezes, porém, sorrio e digo-lhes que está na mesma, e eles afastam-se de mim, porque sei que não querem que lhes veja as expressões.

Recorda-lhes a sua própria mortalidade. Por isso, sento-me com eles e leio para lhes atenuar medos.

Fica calmo — está à vontade comigo...
Enquanto o Sol não te excluir eu não te excluirei
Enquanto as águas não se recusarem a brilhar para ti e as folhas
a sussurrar para ti, não se recusarão as minhas palavras a
brilhar e
sussurrar para ti.

E eu leio, para lhes deixar saber quem eu sou.

Vagueio a noite toda na minha visão, ...
Inclino-me de olhos abertos sobre os olhos cerrados dos que
dormem,
Vagueando e confuso, perdido para mim, desamparado, con-
traditório,
Esperando, olhando, inclinando-me, e parando.

Se ela pudesse, a minha mulher acompanhar-me-ia nas minhas excursões nocturnas, porque uma das suas muitas paixões era a poesia. Thomas, Whitman, Eliot, Shakespeare e o Rei David dos Salmos. Amantes de palavras, criadores da linguagem. Olhando para trás, fico surpreendido pela minha paixão, e às vezes quase a lamento agora. A poesia traz grande beleza à vida, mas também uma grande tristeza, e não tenho a certeza se a troca é justa para alguém da minha idade. Um homem deveria gozar outras coisas, se pudesse — devia gastar os seus últimos dias ao sol. Os meus vão ser passados debaixo de uma lâmpada de leitura.

Arrasto os pés em direcção a ela e sento-me na cadeira ao lado da cama. Doem-me as costas quando me sento. Tenho de arranjar uma almofada nova para esta cadeira, lembro-me pela centésima vez. Procuro a sua mão e agarro-a, ossuda e frágil. Sabe bem. Ela reage com uma contracção e gradualmente o polegar dela começa a afagar ligeiramente o meu dedo. Não falo enquanto ela não fala — aprendi isso. Na maior parte dos dias sento-me em silêncio até que o Sol se põe, e em dias como esses não sei nada dela.

Os minutos passam antes que, finalmente, ela se vire para mim. Está a chorar. Sorrio e liberto-lhe a mão, depois procuro na algibeira. Tiro um lenço e limpo-lhe as lágrimas. Olha para mim enquanto o faço, e fico a perguntar-me o que é que estará a pensar.

— Essa história era lindíssima.

Uma chuva leve começa a cair. Pequenas gotas batem delicadamente na janela. Pego-lhe na mão outra vez. Vai ser um dia bom, um dia muito bom. Um dia mágico. Sorrio, não o consigo evitar.

— É sim — digo-lhe.

— Foste tu quem a escreveu? — pergunta. — A voz dela é como um murmúrio, um vento leve flutuando por entre as folhas.

— Sim — confirmo.

Vira-se para a mesinha-de-cabeceira. O remédio dela está num copinho. O meu também. Pequenos comprimidos, cores de arco--íris para que não nos esqueçamos de os tomar. Agora trazem-me o meu para aqui, para o seu quarto, ainda que não devessem.

— Eu já a ouvi antes, não ouvi?

— Sim — digo de novo, tal como o faço sempre em dias como este. Aprendi a ser paciente.

Estuda a minha expressão. Os olhos são verdes como ondas do oceano.

— Faz-me ter menos medo — diz-me.

— Eu sei. — Faço um sinal, balançando a cabeça suavemente.

Vira-se, e espero um pouco mais. Liberta-me a mão e procura o copo de água. Está na mesa-de-cabeceira, junto ao remédio. Bebe um golo.

— É uma história verdadeira? — Ergue-se um pouco na cama e toma outra bebida. O corpo ainda está forte. — Quer dizer, conheceste essas pessoas?

— Sim — digo outra vez. — Podia dizer mais, mas normalmente não digo. Ela ainda é lindíssima. Pergunta o óbvio:

— Bom, e afinal com qual dos dois é que ela casou?

Respondo:

— Com o que era melhor para ela.

— E qual era ele?

Sorrio.

— Depois saberás — digo baixinho —, lá para o fim do dia. Saberás.

Ela não sabe o que pensar acerca disto mas não me faz mais perguntas. Em vez disso, começa a mexer na roupa. Está a pensar numa maneira de me fazer outra pergunta, embora não esteja segura de como o fazer. Em vez disso, escolhe adiá-la por um momento e pega num dos copos de papel.

— Este é o meu?

— Não, é este. — Alcanço o remédio e empurro-o na direcção dela. Não consigo agarrá-lo com os meus dedos. Ela pega no remédio e olha para os comprimidos. Posso dizer pela maneira como está a olhar para eles que não faz ideia para que são. Uso as duas mãos para pegar no meu copo e largar os comprimidos na minha boca. Ela faz o mesmo. Hoje não há luta. Isso torna tudo mais fácil. Levanto o meu copo simulando um brinde e lavo o gosto de areia na boca com o chá. Está a ficar mais frio. Ela engole-os às cegas e empurra-os com mais água.

Um pássaro começa a cantar fora da janela e ambos viramos a cabeça. Sentamo-nos em silêncio por um bocado, gozando algo de belo juntos. Depois perde-se e ela suspira.

— Tenho que te perguntar mais uma coisa — diz.

— O que quer que seja, tentarei responder.

— Mas é difícil.

Não olha para mim e não posso ver-lhe os olhos. É assim que me esconde os pensamentos. Algumas coisas nunca mudam.

— Leva o tempo que quiseres — digo, sabendo o que ela vai perguntar.

Por fim, vira-se para mim e olha-me nos olhos. Oferece-me um doce sorriso, daqueles que se partilham com uma criança e não com um amante.

— Eu não quero ferir os teus sentimentos porque tens sido tão bom para mim, mas...

Espero. As palavras ferem-me. Vão arrancar-me um pedaço do coração e deixar cicatriz.

— Quem és tu?

Temos vivido na Casa de Repouso de Creekside já faz três anos agora. A decisão de vir para aqui foi dela, em parte porque era perto da nossa casa, mas também porque pensou que seria mais fácil para mim. Alugámos a nossa casa porque nenhum de nós conseguia suportar vendê-la, assinámos alguns papéis, e num ápice recebemos um lugar para viver e morrer em troca de alguma da liberdade pela qual tínhamos trabalhado uma vida inteira.

Ela tinha razão em decidir assim, claro. De modo algum eu teria podido fazê-lo sozinho, porque chegou-nos a doença, aos dois. Estamos nos minutos finais do dia das nossas vidas, e o relógio está a fazer tiquetaque. Pergunto-me se serei o único que consegue ouvi-lo.

Uma dor latejante corre-me através dos dedos e recorda-me de que, desde que para aqui viemos, ainda não nos demos as mãos com os dedos entrelaçados. Fico triste por isso, mas a culpa é minha, não dela. É a artrite na sua pior forma, reumatóide e avançada. As minhas mãos estão deformadas e grotescas agora, e latejam durante a maior parte das horas em que estou acordado. Olho-as e quero ver-me livre delas, amputadas, mas depois não seria capaz de fazer as pequenas coisas que tenho de fazer. Por isso uso as minhas garras, como às vezes lhes chamo, e todos os dias agarro na mão dela apesar da dor, e faço o melhor que posso para a segurar porque é o que ela quer que eu faça.

Embora a Bíblia diga que o homem pode viver até aos cento e vinte anos, eu não quero, e não acho que o meu corpo o conseguiria mesmo que eu quisesse. Está a cair aos bocados, a morrer uma parte de cada vez, erosão segura no interior e nas juntas. As mãos são inúteis, os rins estão a começar a falhar, e o ritmo do coração está a decrescer todos os meses. Pior ainda, tenho cancro de novo, desta vez na próstata. Este é o meu terceiro ataque do inimigo invisível, que acabará por me levar, embora não enquanto eu não disser que a hora chegou. Os médicos estão preocupados comigo, mas eu não. Não tenho tempo para me preocupar neste crepúsculo da minha vida.

Dos nossos cinco filhos, quatro ainda vivem, e embora lhes seja difícil virem visitar-nos, aparecem muitas vezes, e fico grato por isso. Mas mesmo quando não estão aqui, chegam-me vivos na minha memória todos os dias, cada um deles, e trazem-me à mente os sorrisos e as lágrimas que vêm com o crescimento de uma família. Uma dúzia de fotografias estão alinhadas na parede do meu quarto. São a minha herança, a minha contribuição para o mundo. Estou muito orgulhoso. Às vezes pergunto-me o que a minha mulher pensará deles quando sonha, ou se pensa neles sequer, ou se sequer sonha. Há tanta coisa dela que já não compreendo.

Pergunto-me o que pensaria o meu pai sobre a minha vida e o que teria feito se fosse eu. Não o vejo há cinquenta anos e agora é apenas uma sombra nos meus pensamentos. Já não consigo visualizá-lo claramente — tem a cara obscurecida como se uma luz lhe brilhasse por detrás. Não tenho a certeza se isto se deve a uma falha de memória ou apenas à passagem do tempo. Só tenho uma imagem dele e também essa se desvaneceu. Dentro de mais uns dez anos desaparecerá, e eu também, e a memória dele será apagada como uma mensagem na areia. Se não fossem os meus diários, juraria que só tinha vivido metade do tempo que vivi. Longos períodos da minha vida parecem ter desaparecido. E mesmo agora leio algumas passagens e pergunto-me quem era eu quando as escrevia, porque não consigo lembrar-me dos acontecimentos da minha vida. Há alturas em que me sento e pergunto para onde foi tudo.

— O meu nome — digo —, é Duke*. — Sempre fui fã de John Wayne.

— Duke — murmura ela para si —, Duke. — Reflecte por um momento, a testa enrugada, os olhos sérios.

— Sim — digo. — Estou aqui por ti. — «E sempre estarei», penso para mim.

O seu rosto cora com a minha resposta. Os seus olhos humedecem e ficam vermelhos, as lágrimas começam a cair. O meu coração dói por ela e desejo pela centésima vez que houvesse qualquer coisa que eu pudesse fazer. Ela diz:

— Desculpa. Não compreendo nada do que me está a acontecer agora. Até tu. Quando te escuto a falar, sinto que devia conhecer-te, mas não conheço. Nem sequer sei o meu nome.

---

* Nome pelo qual o actor americano John Wayne era também conhecido pelos seus admiradores. (NR)

Limpa as lágrimas e diz:

— Ajuda-me, Duke, ajuda-me a lembrar-me quem sou. Ou pelo menos quem era. Sinto-me tão perdida.

Respondo do coração, mas minto-lhe quanto ao nome dela. Tal como menti acerca do meu. Há um motivo para isso.

— Tu és Hannah, uma amante da vida, uma força para aqueles que partilharam da tua amizade. És um sonho, uma criadora de felicidade, uma artista que tocou milhares de almas. Viveste uma vida cheia e nunca nada te faltou porque as tuas necessidades são espirituais e só tens que olhar para dentro de ti. És bondosa e leal e és capaz de ver beleza onde os outros não vêem. És uma professora de maravilhosas lições, uma sonhadora de coisas melhores.

Paro por um momento e retomo o fôlego. Depois:

— Hannah, não há motivo para te sentires perdida, porque:

Nada está de facto perdido, nem pode ser perdido,
Nascimento, identidade, forma — nenhum objecto do mundo,
Nem a vida, a força, ou qualquer coisa visível; ...
O corpo, preguiçoso, envelhecido, frio — as cinzas que ficaram de fogos anteriores,
... devidamente se inflamarão outra vez

Ela pensa no que eu disse por um momento. No silêncio, olho pela janela e vejo que a chuva já parou. O sol começa a filtrar-se pelo quarto. Ela pergunta:

— Foste tu quem escreveu isso?

— Não, foi Walt Whitman.

— Quem?

— Um amante de palavras, um modelador de pensamentos.

Não reage directamente. Em vez disso, fica a olhar para mim durante um longo tempo, até que o ritmo da nossa respiração se ajusta. Dentro. Fora. Dentro. Fora. Dentro. Fora. Inspirações fundas. Pergunto-me se saberá que a acho maravilhosa.

— Ficas comigo um bocadinho? — pede por fim.

Sorrio e aceno com a cabeça. Responde-me sorrindo. Procura a minha mão, pega-lhe delicadamente e puxa-a para o colo. Fica a olhar os nós enrijecidos que me deformam os dedos e acaricia-os delicadamente. As mãos dela são ainda as de um anjo.

— Vem — digo enquanto me levanto com muito esforço —, vamos dar um passeio. O ar está fresco e os gansos jovens estão à espera. Está um lindo dia hoje. — Fico a olhá-la enquanto digo estas últimas palavras.

Ela cora. Faz-me sentir jovem outra vez.

É claro que era famosa. Uma das melhores pintoras sulistas do século XX, dizem alguns, e eu ficava, e fico, orgulhoso dela. Ao contrário de mim, que lutava para escrever até os versos mais simples, a minha mulher podia criar beleza tão facilmente como o Senhor criou a Terra. Os quadros dela estão nos museus de todo o mundo, mas só guardei dois para mim. O primeiro que ela me deu, e o último. Estão pendurados no meu quarto e tarde na noite sento--me e fico a olhá-los, e às vezes choro. Não sei porquê.

E assim passaram os anos. Levámos as nossas vidas a trabalhar, pintar, a criar os filhos, a amarmo-nos um ao outro. Vejo fotografias de Natais, viagens de família, licenciaturas e casamentos. Vejo netos e rostos felizes. Vejo fotografias nossas, o nosso cabelo a embranquecer, as rugas dos nossos rostos a ficarem mais fundas. Uma vida que parece tão normal e, porém, tão invulgar.

Não podíamos prever o futuro, mas quem pode? Não vivo agora como esperava. E o que é que esperava? A reforma. Visitas aos netos, talvez mais viagens. Ela sempre adorou viajar. Pensei que talvez eu pudesse ter um passatempo novo — qual, eu não sabia —, talvez a modelagem de barcos. Dentro de garrafas. Pequenos, com todos os pormenores, impossíveis de considerar agora com estas mãos. Mas não me sinto amargo.

As nossas vidas não podem ser medidas pelos nossos anos finais, disso tenho a certeza, e acho que devia ter sabido o que nos esperava no seu término. Olhando para trás, suponho que parece óbvio, mas no princípio achei que a confusão dela era compreensível e normal. Começava por esquecer onde pusera as chaves, mas quem não se esquece? Esquecia-se do nome de um vizinho, mas não de alguém que conhecíamos bem ou de quem éramos muito amigos. Às vezes ela escrevia o ano errado quando passava os cheques, mas de novo atribuía o engano a um daqueles simples erros que se cometem quando se está a pensar noutras coisas.

Não foi senão quando os acontecimentos mais evidentes começaram a ocorrer que comecei a suspeitar do pior. Um ferro de engomar no frigorífico, roupas na máquina da loiça, livros no forno. Outras coisas também. Mas no dia em que a descobri no carro três quarteirões mais abaixo a chorar inclinada sobre o volante porque não conseguia encontrar o caminho para casa, foi o primeiro dia em que fiquei verdadeiramente assustado. E ela também estava assustada, porque quando bati na janela, virou-se para mim e disse: «Meu Deus, o que é que me está a acontecer? Por favor, ajuda-me.» Senti um nó no estômago, mas não ousei pensar o pior.

Seis dias mais tarde, o médico viu-a e deu início a uma série de exames. Não os entendia então e não os compreendo agora, mas suponho que seja porque tenho medo de perceber. Esteve quase uma hora com o Dr. Barnwell e voltou lá no dia seguinte. Esse dia foi o mais longo que alguma vez passei. Folheei revistas que não conseguia ler e joguei jogos em que não me concentrava. Por fim, ele chamou-nos aos dois ao consultório e mandou-nos sentar. Ela dava-me o braço com confiança, mas recordo claramente que as minhas próprias mãos estavam a tremer.

— Lamento muito ter que vos dizer isto — começou o Dr. Barnwell —, mas parece que há indícios da doença de Alzheimer...

A minha mente ficou em branco e tudo o que podia pensar era na luz que brilhava por cima das nossas cabeças. As palavras ecoavam-me na cabeça: *indícios da doença de Alzheimer...*

O mundo rodava em círculos, e sentia o braço dela tenso a apertar o meu. Ela sussurrou quase para si própria: «Oh, Noah... Noah...»

E quando as lágrimas começaram a cair, a palavra veio até mim outra vez: ... *Alzheimer...*

É uma doença terrível, tão vazia e sem vida como um deserto. É um ladrão de corações e almas e memórias. Não sabia o que lhe dizer enquanto ela soluçava sobre o meu peito, por isso apenas a abracei e embalei.

O médico estava constrangido. Sendo um homem bom, aquilo era difícil para ele. Era mais jovem que o meu filho mais novo, e senti a minha idade na presença dele. Tinha a mente confusa, o meu amor cambaleava, e a única coisa que conseguia pensar era:

Nenhum afogado pode saber qual a gota
de água que fez parar o seu último suspiro;...

As palavras sábias de um poeta, porém não me trouxeram conforto. Não sei o que significam ou por que pensei nelas.

Embalávamo-nos para trás e para diante e Allie, o meu sonho, a minha eterna beleza, pediu-me desculpa. Eu sabia que não havia nada a perdoar e murmurei-lhe ao ouvido. «Vai correr tudo bem», mas lá por dentro tinha medo. Era um homem vazio com nada para oferecer, tão vazio como a chaminé de um forno na sucata.

Só me lembro de bocados dispersos da explicação contínua do Dr. Barnwell.

— É uma doença degenerativa do cérebro que afecta a memória e a personalidade... não tem cura nem há tratamento... Não há maneira de se saber a que velocidade evolui... varia de pessoa para pessoa... Gostava de saber mais... Alguns dias serão melhores que outros... Piora com a passagem do tempo... Lamento ter de ser eu a informar-vos...

Lamento... Lamento... Lamento...

Todos lamentaram. Os meus filhos ficaram de coração destroçado, os meus amigos assustados por si próprios. Não me lembro de ter deixado o consultório do médico e não me lembro de guiar até casa. As minhas recordações desse dia desapareceram e nisto a minha mulher e eu estamos iguais.

Já passaram quatro anos agora. De então para cá fizemos disto o melhor que pudemos, se é que é possível. Allie organizava-se, conforme a sua disposição. Tomou providências para abandonarmos a casa e mudarmo-nos para aqui. Reescreveu o seu testamento e selou-o. Deixou instruções específicas quanto ao seu enterro, que estão na minha secretária, na gaveta do fundo. Não as vi. E quando acabou, começou a escrever. Cartas a amigos e filhos. Cartas a irmãos e irmãs e primos. Cartas a sobrinhas, sobrinhos e vizinhos. E uma carta para mim.

Leio-a uma vez por outra, quando estou com disposição para isso e, então, recordo-me de Allie nas frias noites de Inverno, sentada junto de um lume a crepitar, um copo de vinho ao lado, a ler as cartas que lhe tinha enviado ao longo dos anos. Ela guardou-as, àquelas cartas, e agora guardo-as eu, porque ela mo fez prometer. Disse que eu saberia o que fazer com elas. Estava certa — descobri que gosto de ler pedaços delas tal como ela costumava fazer. Intrigam-me, estas cartas, porque, quando as examino, apercebo-me de que o romance e a paixão são possíveis em qualquer idade. Vejo a Allie agora e sei que nunca a amei tanto, mas quando leio as cartas, acabo por me aperceber que sempre me senti da mesma maneira.

Li-as pela última vez há três noites, muito depois da hora em que já devia estar a dormir. Eram quase duas da manhã quando fui até à secretária e descobri o pacote das cartas, espesso e alto, gastas pelo tempo. Desatei a fita, ela própria quase com meio século de idade, e descobri as cartas que a mãe de Allie tinha escondido há muito tempo, e as que tinham sido escritas depois. Uma vida de cartas, cartas declarando o meu amor, cartas do meu coração. Lancei-lhes um olhar com um sorriso nos lábios, escolhendo ao acaso, e por fim abri uma carta do nosso primeiro aniversário.

Li um excerto:

Quando te vejo agora — a moveres-te devagar com uma nova vida a crescer dentro de ti — espero que saibas quanto significas para mim e como este ano foi especial. Nenhum homem é mais abençoado do que eu, e amo-te de todo o meu coração.

Pu-la de lado, dei mais uma volta ao pacote e descobri outra, esta de uma noite gelada de há trinta e nove anos.

Sentado a teu lado, enquanto a nossa filha mais nova desafinava na festa de Natal da escola, olhei para ti e vi um orgulho próprio apenas daqueles que sentem do fundo do coração, e soube que nenhum homem poderia ser mais feliz do que eu.

E depois, quando o nosso filho morreu, aquele que saía mais à mãe... Foram os tempos mais difíceis que alguma vez atravessámos, e as palavras ainda hoje parecem sinceras:

Em tempos de sofrimento e de dor abraçar-te-ei e embalar-te-ei, e tomarei o teu sofrimento e fá-lo-ei meu. Quando choras, eu choro, e quando sofres, eu sofro. E juntos tentaremos conter as marés de lágrimas e desespero e conseguir passar os buracos negros das ruas da vida.

Paro só por um momento, a recordá-lo. Tinha quatro anos na altura, era apenas um bebé. Eu já vivi vinte vezes mais do que ele, mas, se me perguntassem, teria trocado a minha vida pela dele. É uma coisa terrível sobreviver aos nossos filhos, uma tragédia que não desejo a ninguém.

Faço o que posso para manter as lágrimas à distância, procuro mais umas cartas para clarear a mente e descubro a seguinte, dos nossos vinte anos de casados, algo muito mais fácil sobre que pensar:

Quando te vejo, minha querida, de manhã antes de tomares duche ou no teu estúdio coberta de tinta com o cabelo apanhado e os olhos cansados, sei que és a mulher mais bela do mundo.

E continuava, esta correspondência da vida e do amor, e li mais uma dúzia de cartas, algumas dolorosas, a maioria consoladora. Pelas três da manhã estava cansado, mas tinha chegado ao fundo do pacote. Sobrava uma carta ainda, a última que lhe tinha escrito, e nesse momento soube que tinha que continuar.

Levantei o selo e retirei as duas páginas. Pus a segunda de lado, aproximei a primeira mais perto da luz e comecei a ler:

Minha querida Allie,
O alpendre está silencioso, apenas se ouvem os sons que flutuam vindos das sombras, e por uma vez estou perdido e sem palavras. É uma estranha experiência para mim, porque quando penso em ti e na vida que partilhámos, há muito para lembrar. Uma vida de recordações. Mas pôr isso em palavras? Não sei se sou capaz. Não sou

poeta, e, no entanto, é preciso um poema para exprimir completamente o modo como me sinto em relação a ti.

Por isso a minha mente deambula, e lembro-me de pensar na nossa vida juntos quando fiz o café esta manhã. Kate estava aqui, e Jane também, ambas ficaram caladas quando entrei na cozinha. Vi que tinham estado a chorar e, sem uma palavra, sentei-me ao lado delas na mesa e peguei-lhes nas mãos. E queres saber o que vi quando olhei para elas? Vi-te a ti, há muito tempo atrás, no dia em que nos despedimos. São parecidas contigo e como tu eras então, belas e sensíveis e feridas com a dor que assoma quando algo de especial é roubado. E por um motivo que não tenho a certeza se compreendo, fiquei inspirado para lhes contar uma história.

Chamei Jeff e David para virem para a cozinha, porque eles também estavam aqui, e quando as crianças estavam preparadas, contei-lhes sobre nós e como tu regressaste para mim há tanto tempo. Contei-lhes sobre o nosso passeio e o jantar de caranguejos na cozinha, e eles ficaram a ouvir com sorrisos quando souberam do passeio de canoa, e de estarmos sentados diante da lareira com a tempestade a rugir lá fora. Contei-lhes como a tua mãe nos veio avisar sobre Lon no dia seguinte — eles pareceram tão surpreendidos como nós ficámos na altura — e, sim, até lhes disse o que aconteceu mais tarde nesse dia, depois de teres regressado à cidade.

Esta parte da história nunca me abandonou, mesmo após todo este tempo. Mesmo não tendo eu estado lá, tu só ma descreveste uma vez, e lembro-me de ter ficado maravilhado com a força que mostraste nesse dia. Ainda não consigo imaginar o que te passava pela cabeça quando entraste na recepção do hotel e viste Lon, ou como te deves ter sentido a falar com ele. Disseste-me que os dois abandonaram o hotel e se foram sentar num banco perto da velha igreja metodista, e que ele te pegou na mão, enquanto explicavas tudo o que tinhas a dizer.

Sei que gostavas dele. E a reacção dele prova-me que também gostava de ti. Não, ele não conseguia aceitar ter que te perder, mas como poderia? Mesmo quando lhe explicaste que sempre me tinhas amado, e que não seria justo para ele, não te largou a mão. Sei que estava ferido e zangado, e tentou durante quase uma hora fazer-te mudar de ideias, mas quando te mostraste firme e disseste: «Não posso voltar contigo, lamento muito», compreendeu que a tua decisão tinha sido tomada.

Disseste que ele apenas acenou com a cabeça e que ficaram os dois ali durante muito tempo em silêncio. Sempre me perguntei o que ele estaria a pensar ali sentado contigo, mas tenho a certeza de que foi da mesma maneira que eu me tinha sentido apenas algumas horas antes. E quando finalmente te levou ao carro, disseste-me que ele te tinha dito como eu era um homem de sorte. Comportou-se como o faria um homem decente, e compreendi então por que te tinha sido tão difícil escolher.

Lembro-me de que quando acabei a história, a cozinha estava silenciosa, até que por fim Kate se levantou e me veio beijar. «Oh, paizinho!» exclamou com lágrimas nos olhos, e embora eu pensasse ter que responder a perguntas, não me fizeram nenhumas. Em vez disso, deram-me algo de muito mais especial.

Durante as quatro horas seguintes, cada um deles contou-me quanto nós, nós os dois, tínhamos significado para eles durante o seu crescimento. Um por um, contaram histórias acerca de coisas que há muito eu tinha esquecido. E para o fim, estava eu a chorar porque me apercebi de como nos tínhamos saído bem com eles. Estava tão orgulhoso deles, e orgulhoso de ti, e feliz quanto à vida que tínhamos vivido. E nada nunca poderá roubar isso. Nada. Só desejava que tivesses estado ali para saboreares aquele momento comigo.

Depois de eles terem partido, fiquei a balançar-me na cadeira, em silêncio, pensando no passado, na nossa vida juntos. Estás sempre aqui comigo quando o faço, pelo menos no meu coração, e é-me impossível recordar-me de um tempo em que tu não fosses uma parte de mim. Não sei em quem me teria tornado se naquele dia não tivesses regressado para mim, mas não tenho dúvidas de que teria vivido e morrido com pesares que felizmente nunca conhecerei.

Amo-te, Allie. Sou quem sou por causa de ti. Tu és todas as razões, todas as esperanças e todos os sonhos que sempre tive, e o que quer que nos aconteça no futuro, cada dia em que estamos juntos é o melhor dia da minha vida. Serei sempre teu.

E, minha querida, serás sempre minha.

Noah

Pus as páginas de lado e recordei que estava sentado com Allie no nosso alpendre quando ela leu esta carta pela primeira vez. Foi à tardinha, com pinceladas de vermelho a cortar o céu de Verão, e os despojos do dia a desvanecerem-se. O céu estava a mudar lentamente de cor e, enquanto observava o Sol a descer, lembro-me de ter pensado naquele momento breve e súbito em que o dia de repente se torna noite.

O crepúsculo, apercebi-me então, é apenas uma ilusão, porque o Sol ou está acima ou abaixo do horizonte. E isso significa que o dia e a noite estão ligados de uma maneira como poucas coisas o estão — não pode haver uma coisa sem a outra, porém não podem existir ao mesmo tempo. Como seria a sensação, lembro-me de me perguntar, de estar sempre juntos, porém para sempre separados?

Olhando para trás, acho irónico que ela tenha escolhido ler a carta no exacto momento em que essa pergunta me ocorreu. É irónico, claro, porque agora conheço a resposta. Sei o que é ser noite e dia — sempre juntos, para sempre separados.

Há beleza onde estamos sentados esta tarde, Allie e eu. É este o auge da minha vida. Estão aqui no ribeiro: os pássaros, os gansos, os meus amigos. Os seus corpos flutuam na água fria, que reflecte fragmentos das suas cores e os faz parecer maiores do que são. Também Allie é levada pelo seu encantamento, e a pouco e pouco acabamos por conhecermo-nos outra vez.

— É bom falar contigo. Descubro que me faz falta, mesmo quando nem sequer passou assim muito tempo.

Sou sincero, e ela sabe-o, mas ainda está desconfiada. Sou um estranho.

— E costumamos fazer isto muitas vezes? — pergunta. — Sentamo-nos aqui a ver os pássaros muitas vezes? Quero dizer, nós conhecemo-nos bem?

— Sim e não. Acho que toda a gente tem segredos, mas nós já nos conhecemos há muitos anos.

Olhou para as suas mãos, depois para as minhas. Pensa nisto durante algum tempo, a cara posicionada num ângulo em que parece recobrar a juventude perdida. Não usamos as alianças. Na verdade, há um motivo para isso. Pergunta-me:

— Foste casado?

Aceno com a cabeça.

— Sim.

— Como era ela?

Digo a verdade.

— Ela era o meu sonho. Fez-me no que sou e tê-la nos meus braços era mais natural para mim que o bater do meu próprio coração. Penso nela o tempo todo. Mesmo agora, quando estou aqui sentado, penso nela. Não podia ter existido outra.

Fica a digerir a informação. Não sei como se sente acerca disto. Por fim fala docemente, a voz angélica, sensual. Pergunto-me se ela sabe que eu penso estas coisas.

— Ela já morreu?

O que é a morte? Interrogo-me, mas não o digo. Em vez disso respondo:

— A minha mulher está viva no meu coração. E sempre estará.

— Ainda a amas, não amas?

— É claro que sim. Mas amo muitas coisas. Gosto de estar aqui sentado contigo. Gosto de partilhar a beleza deste lugar com alguém que me é querido. Gosto de ver a águia-marinha picar em direcção ao rio e descobrir a comida.

Fica em silêncio por um momento. Olha para outro lado e assim não consigo ver-lhe a cara. É um hábito seu de anos.

— Por que é que fazes isto? — Sem medo, apenas curiosidade. Isto é bom. Sei o que ela quer dizer, mas pergunto na mesma.

— O quê?

— Por que é que passas o dia comigo?

Sorrio.

— Estou aqui porque é aqui que tenho de estar. Não é complicado. Tanto tu como eu gostamos de estar aqui. Não ponhas de parte o meu tempo passado contigo, não é perdido. É o que eu quero fazer. Sento-me aqui e falamos e fico a pensar sozinho. O que poderia ser melhor do que o que estou a fazer agora?

Olha-me nos olhos, e por um momento, apenas um momento, os olhos brilham-lhe de malícia. Um ligeiro sorriso forma-se-lhe nos lábios.

— Gosto de estar contigo, mas se o que tu queres é intrigar-me, conseguiste. Admito que gosto da tua companhia, mas não sei nada de ti. Não espero que me contes a história da tua vida, mas, por que é que és tão misterioso?

— Li uma vez que as mulheres gostam de estranhos misteriosos.

— Vês, continuas a não responder à pergunta. Não respondeste à maioria das minhas perguntas. Nem sequer me disseste como acabava a história hoje de manhã.

Encolho os ombros. Ficamos sentados silenciosos por um momento. Por fim, pergunto:

— É verdade?

— Verdade o quê?

— Que as mulheres gostam de estranhos misteriosos?

Pensa no assunto e ri-se. Depois responde como eu o faria:

— Acho que algumas mulheres gostam.

— E tu?

— Vá lá, não tentes pôr-me em xeque. Não te conheço suficientemente bem para isso. — Ela está a troçar de mim, e agrada-me.

Ficamos sentados em silêncio a observar o mundo à nossa volta. Levou-nos uma vida a aprender isto. Parece que os velhos são capazes de ficar sentados um ao lado do outro sem dizerem nada e, ainda assim, satisfeitos. Os jovens, activos e impacientes, têm sempre que quebrar o silêncio. É um desperdício, porque o silêncio é puro. O silêncio é sagrado. Une as pessoas porque só os que se dão bem uns com os outros se podem sentar juntos sem falar. É este o grande paradoxo.

O tempo passa, e gradualmente o ritmo da nossa respiração começa a coincidir tal como aconteceu hoje de manhã. Inspirações profundas, expirações descontraídas, e há um momento em que ela adormece, como acontece muitas vezes com aqueles que estão bem um com o outro. Pergunto-me se os jovens serão capazes de gozar isto. Por fim, quando acorda, um milagre:

— Vês aquele pássaro? — Aponta, e eu semicerro os olhos. É milagre que eu o possa ver, mas posso porque o sol está forte. Também aponto.

— É um ganso — digo docemente, e concentramos nele a nossa atenção enquanto desliza sobre o regato de Brices. E, como um velho hábito redescoberto, quando baixo o braço, ponho a mão sobre o joelho dela e ela não ma manda tirar.

Ela tem razão quanto ao facto de eu ser evasivo. Em dias como este, quando só a memória lhe desapareceu, sou vago nas minhas respostas porque muitas vezes nestes últimos anos, devido a deslizes de linguagem, já feri a minha mulher sem intenção e estou determinado a não deixar que isso aconteça outra vez. Por isso limito-me a responder só ao que ela pergunta, às vezes não muito bem, e não deixo escapar nada.

Foi uma decisão dúbia, boa e má, mas necessária, porque com o conhecimento vem a dor. Para limitar a dor, limito as respostas. Há dias em que ela nunca sabe dos filhos ou que somos casados. Lamento-o, mas não mudarei.

Será que isso me torna desonesto? Talvez, mas já a vi esmagada pelas cataratas de informação que constituem a vida dela. Poderia eu olhar para mim próprio no espelho sem olhos vermelhos e o queixo a tremer e saber que me esqueci de tudo o que era importante para mim? Não poderia, e ela também não pode, porque quando esta odisseia começou, foi assim que eu comecei. A vida dela, o casamento, os filhos. Os amigos e o trabalho. Perguntas e respostas no jogo à moda do espectáculo *Isto é a tua vida*.

Os dias eram duros para nós. Eu era uma enciclopédia, um objecto sem sentimentos, sobre os quem, os quês e ondes da vida dela, quando na realidade são os porquês, as coisas que eu não sabia e não podia responder, que fazem tudo valer a pena. Ela costumava olhar fixamente para as fotografias dos filhos esquecidos, pegava em pincéis que não inspiravam nada e lia cartas de amor que não devolviam alegrias. Ficava mais fraca com o passar das horas, cada vez mais pálida, tornando-se amarga e acabando o dia pior do que quando começava. Os nossos dias perdiam-se, e ela também. E, egoisticamente, também eu.

Por isso mudei. Tornei-me Magalhães, ou Colombo, um explorador dos mistérios da mente, e aprendi, meticuloso e lento, mas aprendendo na mesma o que tinha de ser feito. E aprendi o que é óbvio para uma criança. Que a vida é simplesmente uma colecção de pequenas vidas, cada uma vivida um dia de cada vez. Que cada dia devia ser passado a procurar beleza nas flores e na poesia e a falar com os animais. Que um dia passado a sonhar acordado, com pôres-do-sol e brisas frescas não pode ser melhor. Mas, mais que tudo, aprendi que a vida consiste em estarmos sentados num banco junto a um regato antigo com a minha mão no joelho dela, e às vezes, nos dias bons, ficar apaixonado.

— Em que estás a pensar? — pergunta ela.

Agora já é crepúsculo. Deixámos o nosso banco e vamos arrastando os pés ao longo de caminhos iluminados que serpenteiam à volta deste complexo. Ela dá-me o braço, e eu sou o seu acompanhante. A ideia foi dela. Talvez esteja seduzida por mim. Talvez queira impedir que eu caia. De qualquer maneira, estou a sorrir para comigo.

— Estou a pensar em ti.

Não reage a isto com mais que um apertão no braço, e posso dizer que gostou do que eu disse. A nossa vida juntos permitiu-me perceber os sinais, mesmo se ela própria não os conhece. Continuo:

— Sei que não consegues lembrar-te de quem és, mas eu posso, e descubro-o quando olho para ti, e faz sentir-me bem.

Dá-me umas palmadinhas no braço e sorri.

— Tu és um homem bondoso com um coração amante. Espero ter gostado de estar contigo antes tanto como gosto agora.

Continuamos a andar mais um pouco. Por fim diz:

— Tenho que te dizer uma coisa.

— Diz.

— Acho que tenho um admirador.

— Um admirador?

— Sim.

— Estou a ver.

— Não acreditas em mim?

— Acredito.

— Devias acreditar.

— Porquê?

— Porque acho que és tu.

Penso nisto enquanto caminhamos em silêncio, apoiando-nos um ao outro, para lá dos quartos, para lá dos pátios. Chegamos ao jardim, na maioria flores selvagens, e faço-a parar. Apanho um ramo — flores vermelhas, rosa, amarelas, violeta. Dou-lho, e ela leva-as ao nariz. Cheira-as de olhos fechados e murmura: «São lindas.» Acabamos o nosso passeio, eu numa mão, as flores na outra. As pessoas observam-nos, porque somos um milagre ambulante, ou assim mo dizem. De algum modo é verdade, embora na maioria das vezes não me sinta com sorte.

— Achas que sou eu? — pergunto por fim.

— Sim.

— Porquê?

— Porque descobri o que tu escondeste.

— O quê?

— Isto — diz, mostrando-me uma tira de papel. — Descobri isto debaixo da minha almofada.

Leio-o:

> O corpo abranda com dor mortal, mas a minha promessa
> mantém-se verdadeira no cerrar dos nossos dias,
> Um toque terno a acabar num beijo
> acordará o amor em modos de alegria.

— Tens lá mais? — pergunto.

— Encontrei este na algibeira do meu casaco.

> Se queres saber, as nossas almas foram uma
> e nunca poderão vir a ser separadas
> A tua face radiante ao crepúsculo esplêndido
> Procuro por ti e encontro o meu coração.

— Estou a ver — e é tudo o que digo.

Vamos caminhando enquanto o Sol se afunda mais baixo no céu. A seu tempo, o crepúsculo de prata será o único despojo do dia, e continuamos a falar de poesia. Ela está entusiasmada com o romance.

Pela altura em que chegamos à entrada já estou cansado. Ela sabe-o, por isso faz-me parar com a mão e obriga-me a encará-la. Faço-o e apercebo-me de como estou a ficar corcunda. Agora estamos os dois da mesma altura. Às vezes fico contente que ela não saiba quanto mudei. Vira-se para mim e fica a olhar-me por um momento.

— O que é que estás a fazer? — pergunto.

— Não quero esquecer-te ou a este dia, e estou a tentar manter viva a memória de ti.

Será que desta vez vai funcionar?, pergunto-me, mas depois sei que não irá. Não pode. Portanto, não conto os meus pensamentos. Em vez disso, sorrio porque as palavras dela são agradáveis.

— Obrigado — digo.

— Estou a falar a sério. Não quero esquecer-me de ti outra vez. Tu és muito especial para mim. Não sei o que teria feito hoje sem ti.

A garganta aperta-se-me um pouco. Há emoção por detrás das palavras dela, as emoções que sinto sempre que penso nela. Sei que é por causa disso que eu vivo, e a amo carinhosamente neste momento. Como desejaria ser suficientemente forte para a levar nos meus braços para o paraíso.

— Não tentes dizer nada — diz-me ela. — Vamos só sentir o momento.

E eu obedeço, e sinto o céu.

A doença dela está pior agora do que no princípio, embora Allie seja diferente da maioria. Há aqui outros três com o mesmo mal, e estes três são a soma da minha experiência prática com a doença. Eles, ao contrário de Allie, estão nos estádios mais avançados da Alzheimer e quase completamente perdidos. Acordam com alucinações e confusos. Repetem-se vezes sem fim. Dois dos três já não se conseguem alimentar e em breve morrerão. A terceira tem tendência para ir passear e perder-se. Foi encontrada uma vez no carro de um estranho a um quilómetro de distância. Desde então tem sido preciso amarrá-la à cama. Todos podem mostrar-se muito amargos às vezes, e outras vezes parecem crianças perdidas, tristes e sós. Muito raramente conhecem as empregadas ou os entes queridos. É uma enfermidade exaustiva, e é por isso que se torna difícil para os filhos deles, e para os meus, visitarem-nos.

Allie, claro, também tem os seus próprios problemas, problemas que provavelmente se agravarão com o tempo. Tem um medo horrível todas as manhãs, e chora inconsolavelmente. Vê gente pequenina, como gnomos, penso eu, a observá-la, e grita para se irem embora. Toma banho de boa vontade, mas não come regularmente. Está magra agora, demasiado magra na minha opinião, e nos dias bons faço o melhor que posso para que ela engorde.

Mas é aqui que as semelhanças se acabam. É por isto que Allie é considerada um milagre, porque às vezes, só às vezes, depois de eu ler para ela, o seu estado geral não é tão mau. Não há explicação para isto. «É impossível», dizem os médicos. «Ela não deve ter Alzheimer.» Mas tem. Na maior parte dos dias e cada manhã não pode haver dúvidas. E aqui há concordância. Mas porquê, então, é o estado dela diferente? Por que é que ela às vezes muda depois de eu lhe ler? Eu digo a razão aos médicos — no meu coração sei qual é —, mas eles não acreditam em mim. Em vez disso, confiam na ciência. Por quatro vezes, especialistas viajaram de Chapel Hill para descobrir a resposta. Quatro vezes se foram embora sem compreender. Eu digo-lhes: «Não podem certamente compreender o que se passa usando apenas a vossa formação e os vossos livros.» Eles, porém, abanam as cabeças e respondem: «A doença de Alzheimer não funciona assim. No estado dela, é pura e simplesmente impossível ter uma conversa ou melhorar à medida que o dia passa. Impossível.»

Mas ela melhora. Não todos os dias, não a maior parte das vezes, e realmente muito menos do que era costume. Contudo, por vezes. E tudo o que lhe desapareceu nestes dias foi a memória, como se tivesse amnésia. As emoções, essas, permanecem normais, os pensamentos permanecem normais. E estes são os dias em que eu sei que estou a agir bem.

O jantar está à nossa espera no quarto dela quando regressamos. Foi combinado que comeríamos ali, como sempre em dias como o de hoje, e de novo eu não poderia exigir mais. As pessoas aqui tomam conta de tudo. São bons para mim, e estou-lhes grato.

As luzes foram diminuídas, o quarto está iluminado por duas velas sobre a mesa em que nos iremos sentar, e há música de fundo a tocar suavemente. Os copos e os pratos são de plástico e a garrafa está cheia de sumo de maçã — regras são regras —, mas ela parece não se importar. Inspira levemente perante a visão. Os olhos abertos de espanto.

— Foste tu quem fez isto?

Aceno afirmativamente e ela entra no quarto.

— Está maravilhoso.

Ofereço-lhe o braço para a conduzir até à janela. Não se liberta quando lá chegamos. O toque é agradável e ficamos ali de pé juntos nesta cristalina tarde de Primavera. A janela está ligeiramente aberta e sinto uma brisa a roçar-me o queixo. A Lua ergue-se e ficamos a observá-la durante muito tempo enquanto o céu nocturno se exibe.

— Nunca vi nada de tão belo, tenho a certeza — diz, e concordo com ela.

— Eu também não — digo, mas estou a olhar para ela. — Sabe o que quero dizer e vejo-a sorrir. Um momento mais tarde murmura:

— Acho que sei com quem é que a Allie foi ter no final da história.

— Sabes?

— Sim.

— Quem?

— Foi ter com Noah.

— Tens a certeza?

— Absoluta.

Sorrio e abano a cabeça.

— Sim, pois foi — digo docemente, e ela devolve-me o sorriso. A face radiante.

Puxo-lhe a cadeira com algum esforço. Senta-se e eu sento-me diante dela. Oferece-me a mão por cima da mesa, agarro-a na minha, e sinto o polegar dela começar a mover-se como o fazia há tantos anos. Sem falar, fico a olhá-la durante muito tempo, vivendo e revivendo os momentos da minha vida, recordando tudo e tornando-o real. Sinto a garganta começar a apertar, e mais uma vez apercebo-me de quanto a amo. Tenho a voz a tremer quando por fim falo.

— És tão bela — digo. — Posso ver-lhe nos olhos que conhece os meus sentimentos para com ela e o que de facto quero dizer com as minhas palavras.

Não reage. Em vez disso, baixa os olhos e fico-me a imaginar o que estará pensando. Não me dá pistas, e delicadamente aperto-lhe a mão. Espero. Com todos os meus sonhos, conheço o coração dela, e sei que estou quase lá.

E depois o milagre, que me prova que estou certo.

Enquanto Glenn Miller toca suavemente num quarto iluminado à luz das velas, observo o momento em que ela gradualmente cede aos sentimentos dentro de si. Vejo um sorriso quente começar a formar-se-lhe nos lábios, um sorriso que faz tudo valer a pena, e observo o modo como ela levanta os seus olhos de bruma em direcção aos meus. Puxa a minha mão em direcção a si.

— Tu és maravilhoso... — diz brandamente, arrastando-se, e nesse momento também ela fica apaixonada por mim; eu sei, porque vi aqueles sinais milhares de vezes.

Não diz mais nada logo de imediato, não é preciso, e lança-me um olhar vindo de outra vida que me faz sentir completo outra vez. Devolvo o sorriso, com o máximo de paixão que consigo reunir, e ficamos a olhar um para o outro, com os sentimentos dentro de nós em turbilhão, como ondas do mar. Olho em volta do quarto, depois para o tecto, depois de novo para Allie, a maneira como ela me olha aquece-me por dentro. Subitamente sinto-me jovem outra vez. Já não tenho frio, nem dores, nem estou corcunda nem deformado, ou quase cego por causa das cataratas.

Estou forte e orgulhoso e sou o homem mais afortunado ao cimo da terra, e fico a sentir-me assim durante muito tempo do outro lado da mesa.

Pela altura em que as velas já arderam por um terço, estou pronto a quebrar o silêncio. Digo: «Amo-te profundamente, e espero que saibas isto.»

— É claro que sei — diz ela sem fôlego. — Também te amei sempre Noah.

Noah, oiço outra vez. *Noah*. A palavra ecoa-me na cabeça. *Noah...* *Noah*. Ela sabe, penso para mim, ela sabe quem eu sou...

Ela sabe...

Uma coisa tão pequenina, este conhecimento, mas para mim é uma dádiva de Deus, e sinto a nossa vida juntos, a abraçá-la, a amá-la, e estando com ela nos melhores anos da minha vida.

Ela murmura: «Noah... meu doce Noah...»

E eu, que não podia aceitar as palavras dos médicos, triunfei de novo, pelo menos por um momento. Desisto da pretensão dos mistérios, e beijo-lhe a mão e levo-a até à minha face e murmuro-lhe ao ouvido:

— Tu és a melhor coisa que alguma vez me aconteceu.

— Oh... Noah — diz ela com lágrimas nos olhos. — Também te amo.

Se ao menos isto pudesse acabar assim, eu seria um homem feliz. Mas não irá acabar assim. Disso tenho a certeza, pois à medida que o tempo vai passando, começo a ver-lhe os sinais de preocupação no rosto.

— O que é que se passa? — pergunto e a resposta dela vem devagarinho.

— Tenho tanto medo. Tenho medo de me esquecer de ti outra vez. Não é justo... Não consigo suportar ter que desistir disto.

A voz quebra-se-lhe quando acaba, mas não sei o que dizer. Sei que a noite está a chegar ao fim e não há nada que eu possa fazer para evitar o inevitável. Nisto sou um falhado. Digo-lhe por fim:

— Nunca te abandonarei. O que nós temos é eterno.

Sabe que isto é tudo o que posso fazer, porque nenhum de nós quer promessas vãs. Mas posso dizer pelo modo como me olha que mais uma vez ela desejaria que houvesse mais qualquer coisa.

Os grilos cantam-nos uma serenata, e começamos a petiscar o jantar. Nenhum de nós tem fome, mas dou o exemplo e ela segue-me. Leva pequenos pedaços à boca e fica a mastigar muito tempo, mas fico contente por vê-la a comer. Perdeu muito peso nos últimos três meses.

Depois do jantar, fico com medo, ainda que tente afastá-lo. Sei que devia estar alegre, porque esta reunião é prova de que o amor ainda nos pertence, mas sei que o sino já tocou esta noite. O Sol já se pôs há muito e o ladrão está a chegar, e não há nada que possa fazer para o impedir. Por isso, fico a olhar para ela e espero e vivo uma vida nestes últimos momentos que nos restam.

Nada.

O relógio não pára.

Nada.

Abraço-a e ficamos agarrados um ao outro.

Nada.

Sinto-a a tremer e murmuro-lhe ao ouvido.

Nada.

Digo-lhe pela última vez esta noite que a amo.

E chega o ladrão.

Surpreende-me sempre a rapidez com que tudo acontece. Mesmo agora, depois deste tempo todo. Porque, enquanto ela me abraça, começa a pestanejar rapidamente e a abanar a cabeça. Depois, virando-se para o canto do quarto, fica a olhar fixamente durante muito tempo, a preocupação esboçando-se-lhe no rosto. *Não!* grita-me a mente. *Ainda não! Não agora... não quando estamos tão perto! Hoje não! Qualquer outra noite, mas hoje não... Por favor!* As palavras ficam dentro de mim. *Não vou conseguir suportá-lo outra vez! Não é justo... não é justo...*

Mas mais uma vez não serve de nada.

— Aquelas pessoas — diz ela por fim, apontando —, estão a olhar para mim. Por favor, manda-as embora.

Os gnomos.

Um poço abre-se-me no estômago, duro e cheio. A respiração pára-se-me por um momento, depois começa de novo, desta vez mais superficial. A boca seca-se-me, e sinto o coração a acelerar. Acabou, eu sei, e estou certo. O crepúsculo chegou. Isto, a confusão nocturna associada com a doença de Alzheimer que afecta a minha mulher, é a parte mais dura de todas. Porque quando chega, Allie abandona-me, e às vezes pergunto-me se ela e eu nos amaremos outra vez.

— Não está ali ninguém, Allie — digo, tentando afastar o inevitável. — Ela não acredita em mim.

— Eles estão a olhar para mim.

— Não — murmuro enquanto abano a cabeça numa negativa.

— Não os consegues ver?

— Não — digo, e ela fica a pensar por um momento.

— Bom, estão mesmo ali — diz empurrando-me —, e estão a olhar para mim.

Com isto, começa a falar sozinha, e momentos mais tarde, quando tento confortá-la, estremece, de olhos esbugalhados.

— Quem és tu? — grita com pânico na voz, a face a empalidecer. — O que estás a fazer aqui? — O medo cresce dentro dela, e sinto-me ferido, porque não há nada que possa fazer. Afasta-se mais de mim, recuando, as mãos em posição defensiva, e depois diz as palavras que mais me partem o coração.

— Vão-se embora! Afastem-se de mim! — grita. — Está a afastar de si os gnomos, aterrorizada, agora já esquecida da minha presença.

Levanto-me e atravesso o quarto até à cama dela. Estou fraco agora, doem-me as pernas e sinto uma dor estranha de lado. Não sei de onde vem. É uma luta difícil premir o botão para chamar as enfermeiras, porque tenho os dedos a latejar e parecem ter congelado juntos, mas por fim lá consigo. Em breve elas estarão aqui, eu sei, e espero por elas. Enquanto espero, fico a observar a minha mulher.

Depois...

Vinte...

Trinta segundos passam, e continuo a observar, os meus olhos sem perderam nada, recordando os momentos que acabámos de partilhar juntos. Mas durante todo esse tempo ela não olha para trás e fico assombrado pelas visões da luta dela com inimigos invisíveis.

Sento-me na ponta da cama com as costas doridas e começo a chorar enquanto pego no livro de apontamentos. Allie nem repara. Compreendo, porque a mente dela se perdeu.

Algumas páginas caem no chão e inclino-me para as apanhar. Agora estou cansado, por isso sento-me, sozinho, distante da minha mulher. E quando as enfermeiras chegam vêem duas pessoas que têm que confortar. Uma mulher a tremer por causa dos demónios da sua mente, e um velho que a ama mais profundamente que a própria vida, a chorar suavemente num canto, a cara escondida nas mãos.

Passo o resto da noite sozinho no meu quarto. Tenho a porta parcialmente aberta e vejo as pessoas a passar, alguns estranhos, alguns amigos e, se me concentrar, consigo ouvi-los a falar sobre as suas famílias, os empregos e visitas aos parques. Conversas vulgares, nada mais, mas sinto que os invejo e à facilidade da sua comunicação. Outro pecado mortal, eu sei, mas nem sempre não o consigo evitar.

O Dr. Barnwell está cá, também, a falar com uma das enfermeiras, e pergunto-me quem estará tão doente para provocar uma tal visita a estas horas. Ele trabalha de mais, costumo dizer-lhe. Passe mais tempo com a sua família, digo-lhe, eles não vão estar por aqui para sempre. Mas ele não me ouve. Preocupa-se com os seus doentes, diz, e tem de vir aqui sempre que o chamam. Diz que não tem alternativa, mas isto transforma-o num homem dividido por contradições. Quer ser um médico dedicado em absoluto aos seus doentes e um homem totalmente devotado à família. Não pode ser as duas coisas, porque não há horas que cheguem, mas ainda tem que aprender isto. Pergunto-me, enquanto a voz dele se dissolve no fundo, quem irá ele escolher, ou quando, tristemente, será a escolha feita por ele.

Sento-me à janela num sofá e penso no dia de hoje. Foi feliz e triste, maravilhoso e terrível. As minhas emoções conflituosas mantêm-me em silêncio por muitas horas. Hoje não fui ler para ninguém — não era capaz, porque a introspecção poética levar-me-ia às lágrimas. Com o tempo, os corredores ficam silenciosos à excepção das passadas dos soldados da noite. Às onze horas oiço os sons familiares que por algum motivo esperava. As passadas que tão bem conheço.

O Dr. Barnwell espreita.

— Reparei que ainda tinha a luz acesa. Importa-se que entre?

— Faça favor — digo, abanando a cabeça.

Entra e olha em volta do quarto antes de escolher uma cadeira a alguns centímetros de mim.

— Ouvi dizer — começa —, que hoje teve um dia bom com a Allie. — Sorri. Anda intrigado connosco e com a nossa relação. Não sei se este interesse é estritamente profissional.

— Acho que sim.

Põe a cabeça de lado com a minha resposta e olha para mim.

— Você está bem, Noah? Parece-me um pouco em baixo.

— Estou bem. Só um pouco cansado.

— Como estava a Allie hoje?

— Estava bem. Falámos quase durante quatro horas.

— Quatro horas? Noah, isso... isso é incrível.

Só consigo acenar. Ele continua, abanando a cabeça.

— Nunca vi nada como isto, nem sequer ouvi nada semelhante. Acho que o amor é que conta. Vocês os dois foram feitos um para o outro. Ela deve amá-lo muito. Sabe isso, não sabe?

— Sei — digo, mas não consigo acrescentar mais nada.

— O que é que o está a preocupar, Noah? Allie disse ou fez qualquer coisa que o ferisse?

— Não. De facto, ela foi maravilhosa. É só que agora sinto-me... sozinho.

— Sozinho?

— Sim.

— Ninguém está sozinho.

— Eu estou sozinho — digo, enquanto olho para o meu relógio e penso na família dele a dormir numa casa silenciosa, no lugar onde ele devia estar —, e você também.

Os dias seguintes passaram-se sem nada de especial. Allie foi incapaz de me reconhecer em qualquer momento, e admito que a minha atenção de vez em quando se desviava, porque a maioria dos meus pensamentos se concentrava no dia que tínhamos passado. Embora o fim chegue sempre demasiado cedo, não houvera nada de perdido nesse dia, só de ganho, e sentia-me feliz por ter recebido aquela bênção mais uma vez.

Na semana seguinte, a minha vida tinha regressado ao normal. Ou pelo menos ao mais normal que a minha vida pode ser. A ler para Allie, a ler para os outros, a passear pelos corredores. A ficar acordado à noite e a sentar-me junto ao aquecedor durante as manhãs. Sinto um estranho conforto na previsibilidade da minha vida.

Numa manhã fresca e enevoada, oito dias depois de nós termos passado o nosso dia juntos, acordei cedo, como é meu hábito, e andei a remexer na minha secretária, alternadamente olhando para fotografias e a ler cartas escritas muitos anos atrás. Pelo menos tentava. Não me conseguia concentrar muito bem porque tinha uma dor de cabeça, por isso pu-las de lado e fui sentar-me na cadeira junto à janela a observar o Sol a nascer. Allie iria acordar dentro de umas duas horas, sabia, e queria estar descansado, por- que passar o dia a ler só me iria dar mais dores de cabeça.

Fechei os olhos durante alguns minutos enquanto o latejar nas têmporas crescia e abrandava. Depois, abrindo-os, via o meu velho amigo, o ribeiro, a correr-me diante da janela. Ao contrário de Allie, tinha-me sido dado um quarto de onde o podia ver, e nunca deixou de me inspirar. É uma contradição — este regato — com centenas de milhares de anos de idade e renovado com cada chuvada. Falei com ele nessa manhã, murmurei de modo a que me pudesse ouvir: «És abençoado, meu amigo, e eu sou abençoado, e juntos enfrentaremos os dias que aí vêm.» As pequenas crispações e as ondas circularam e torceram-se num assentimento, o pálido brilho da luz matinal a reflectir-se no mundo que partilhamos. O regato e eu. Correndo, em refluxo, recuando. É a vida, penso, a observar a água. Um homem pode aprender tantas coisas.

Aconteceu enquanto eu estava sentado na cadeira, mesmo quando o Sol começava a espreitar no horizonte. A minha mão, reparei, começou com picadas, algo que nunca antes tinha acontecido. Comecei a levantá-la, mas vi-me forçado a parar quando a cabeça me começou a latejar outra vez, com mais força, quase como se tivesse sido atacada com um martelo. Fechei os olhos, depois apertei as pálpebras com força. A mão deixou de sentir picadas e depois começou a ficar dormente, muito depressa, como se os nervos me tivessem sido subitamente cortados algures no antebraço. O pulso fechou-se enquanto uma dor aguda me balançou a cabeça e parecia fluir pelo pescoço abaixo e adentro de cada uma das células do meu corpo, como uma onda de maré viva, esmagando e arrasando tudo no seu caminho.

Perdi a vista, e ouvi o que parecia ser um comboio a resfolegar a milímetros da minha cabeça, e percebi que estava a ter uma trombose. A dor correu-me pelo corpo como um raio, e nos últimos momentos de consciência que me sobraram, imaginei Allie, deitada na sua cama, à espera da história que eu nunca mais lhe iria ler, perdida e confusa, completa e totalmente incapaz de tratar de si. Tal como eu. E enquanto os olhos se me fechavam para o tempo final, pensei para comigo, «Oh, Deus, o que é que eu fiz?»

Durante dias alternava entre a consciência e a inconsciência, e nos momentos em que estava acordado, descobria-me agarrado a máquinas, com tubos pelo nariz acima e pela garganta abaixo, e dois sacos de fluidos pendurados junto à cama. Podia ouvir o suave zunido das máquinas, zumbindo ligadas e desligadas, às vezes fazendo ruídos que não conseguia reconhecer. Uma das máquinas, apitando com o ritmo do meu coração, acalmava-me estranhamente, e descobri-me embalado por ela para uma terra de ninguém vez após vez.

Os médicos estavam preocupados. Podia ver-lhes a inquietação nas caras através dos olhos franzidos enquanto investigavam os gráficos e ajustavam as máquinas. Murmuravam os seus pensamentos, pensando que eu não os poderia ouvir. «Os ataques podem ser perigosos», diziam, «especialmente para alguém desta idade, e as consequências podem ser graves.» Expressões sombrias antecipavam as suas previsões — «perda da fala, perda dos movimentos, paralisia». Outra anotação nos gráficos, outro bip de uma máquina estranha, e iam-se embora, nunca sabendo que eu tinha ouvido todas as palavras. Tentei não pensar nestas coisas depois e, em vez disso, concentrar-me em Allie, invocando a imagem dela à minha mente sempre que podia. Fiz o melhor que pude para trazer a vida dela para dentro da minha, para nos tornarmos um outra vez. Tentava sentir o toque dela, ouvir-lhe a voz, ver-lhe o rosto, e quando o conseguia as lágrimas inundavam-me os olhos porque não sabia se seria capaz de a abraçar outra vez, de lhe murmurar, de passar o dia com ela a falar-lhe, a ler-lhe e a passearmos. Não era assim que eu imaginara, ou esperara, que as coisas acabassem. Tinha sempre presumido que seria eu o último a partir. Não era assim que deveria ser.

Vagueava dentro e fora da consciência por dias, até uma outra manhã enevoada, quando a minha promessa a Allie mais uma vez me esporeou o corpo. Abri os olhos e vi um quarto cheio de flores, e o perfume delas ainda mais me motivou. Procurei pela campainha, lutei para premi-la, e uma enfermeira chegou trinta segundos depois, seguida de perto pelo Dr. Barnwell, que sorriu quase imediatamente.

— Tenho sede — disse eu com voz rouca, e o Dr. Barnwell sorriu abertamente.

— Bem-vindo de volta — disse —, sabia que você ia conseguir.

Duas semanas mais tarde já sou capaz de deixar o hospital, embora agora seja apenas metade de um homem. Se fosse um *Cadillac*, andaria aos círculos, só com um lado das rodas a funcionar, porque o lado direito do meu corpo está mais fraco que o esquerdo. Isto, dizem-me eles, são boas notícias, porque a paralisia poderia ter sido total. Às vezes, parece, estou rodeado de optimistas.

A má notícia é que as minhas mãos me impedem de usar tanto uma bengala quanto a cadeira de rodas, por isso agora tenho que andar de acordo com a minha cadência original para me manter direito. Não num esquerdo-direito-esquerdo como era usual na juventude, ou mesmo o arrasta-arrasta dos últimos tempos, mas antes o arrasta-devagar, escorrega-da-direita, arrasta-devagar. Sou uma aventura épica agora quando atravesso os corredores. Até para mim é andar muito devagar, isto vindo de um homem que há duas semanas dificilmente poderia ultrapassar uma tartaruga.

Já é tarde quando regresso e chego ao meu quarto, sei que não irei dormir. Inspiro profundamente e cheiro as fragrâncias primaveris que se filtram através do quarto. Deixaram a janela aberta, e o ar está um pouco fresco. Sinto-me revigorado pela mudança de temperatura. Evelyn, uma das muitas enfermeiras daqui, que tem um terço da minha idade, ajuda-me a sentar-me na cadeira que está colocada junto à janela e começa a fechá-la. Faço-a parar, e embora ela levante o sobrolho, aceita a minha decisão. Oiço uma gaveta a abrir-se, e um momento mais tarde uma camisola é-me enrolada à volta dos ombros. Ela ajusta-a como se eu fosse uma criança e quando termina põe-me a mão no ombro dando-lhe umas palmadinhas suaves. Não diz nada enquanto faz isto, e pelo silêncio dela sei que está a olhar para lá da janela. Fica sem se mexer durante muito tempo e interrogo-me quanto ao que ela estará a pensar, mas não lhe pergunto. Acabo por ouvi-la suspirar. Vira-se para partir, e enquanto o faz, pára, inclina-se para a frente, e dá-me um beijo na cara, ternamente, da mesma maneira que o faz a minha neta. Fico surpreendido com isto e ela diz baixinho: «É bom tê-lo de volta. Allie tem sentido muito a sua falta, e nós também. Estávamos todos a rezar por si porque isto não é o mesmo quando não está por cá.» Sorri-me e faz-me uma festa na cara antes de sair. Não digo nada. Mais tarde oiço-a entrar outra vez, empurrando um carrinho, falando com outra enfermeira, as vozes camufladas.

Hoje a noite está estrelada e o mundo brilha com um estranho azul. Os grilos cantam e o som deles abafa tudo o resto. Aqui sentado, pergunto-me se alguém me pode ver lá de fora, a este prisioneiro da carne. Passo os olhos pelas árvores, pelo pátio, os bancos perto dos gansos, em busca de sinais de vida, mas não há nada. Até o regato está parado. Na escuridão parece um lugar vazio, e sinto-me arrastado para o seu mistério. Fico a observar durante horas, e enquanto o faço, vejo o reflexo das nuvens quando começam a passar por cima da água. Vem aí uma tempestade, e dentro em pouco o céu tornar-se-á de prata, de novo, como ao crepúsculo.

Um relâmpago corta o céu selvagem, e sinto a mente desviar-se para o passado. Quem somos nós, Allie e eu? Somos hera antiga num cipreste, gavinhas e ramos entretecidos tão juntos que morreríamos ambos se fôssemos forçados a separar-nos? Não sei. Outro raio e a mesa junto a mim fica suficientemente iluminada para ver um retrato de Allie, a melhor fotografia que tenho dela. Mandei-a emoldurar há anos na esperança de que o vidro a fizesse durar para sempre. Alcanço-a e seguro-a a centímetros da minha cara. Fico a olhar para ela durante muito tempo, não o consigo evitar. Tinha quarenta e um anos quando foi tirada, e nunca tinha estado tão bela. Há tantas coisas que lhe queria perguntar, mas sei que o retrato não responde, por isso ponho-o de parte.

Esta noite, com Allie ao fundo do corredor, estou só. Estarei sempre só. Pensei nisto enquanto estava deitado no hospital. Estou certo disto enquanto olho pela janela e vejo as nuvens de tempestade aparecer. Sem querer, estou entristecido pela nossa situação, porque me apercebo de que no último dia em que estivemos juntos não cheguei a beijar-lhe os lábios. Talvez nunca mais o venha a fazer. É impossível dizer, com esta doença. Por que é que penso nestas coisas?

Levanto-me, por fim, e caminho até à secretária e acendo o candeeiro. Isto exige mais esforço do que eu pensava que seria necessário, e fico exausto, por isso não regresso ao sofá junto da janela. Sento-me e passo alguns minutos a olhar para as fotografias dispostas sobre a secretária. Retratos de família, retratos de crianças e de férias. Retratos de Allie e eu. Penso no passado, nos tempos que partilhámos juntos, a sós ou com a família, e mais uma vez me apercebo de como estou envelhecido. Abro uma gaveta e descubro as flores que uma vez lhe dei há muito tempo, velhas e murchas e atadas com uma fita. Elas, como eu, estão secas e quebradiças e são difíceis de manusear sem se desfazerem. Mas ela guardou-as. «Não entendo para que as queres», dizia eu, mas ela limitava-se a ignorar--me. E, por vezes, à noite via-a pegar nelas, quase com reverência, como se em si encerrassem o segredo da própria vida. Mulheres.

Uma vez que esta parece ser uma noite de recordações, procuro e encontro a minha aliança de casamento. Está na gaveta de cima, embrulhada num pano. Já não a posso usar porque tenho os nós dos dedos inchados e má circulação. Desembrulho o pano e encontro-a imutável. É poderosa, um símbolo, um círculo, e sei, eu *sei*, que nunca poderia ter existido outra. Soube-o na altura, e sei-o agora. E nesse momento murmuro audivelmente: «Ainda sou teu Allie, minha rainha, minha beleza eterna. Tu és, e sempre foste, a melhor coisa da minha vida.»

Pergunto-me se ela me ouvirá enquanto digo isto, e espero por um sinal. Mas não vem nenhum.

São onze e meia e procuro a carta que ela me escreveu, a que eu leio quando a disposição me surge. Encontro-a onde a pus pela última vez. Viro-a algumas vezes antes de a abrir, e quando o faço as mãos começam a tremer-me. Por fim leio:

Querido Noah,

Escrevo-te esta carta à luz da vela enquanto estás deitado a dormir no quarto que partilhamos desde o dia em que casámos. E embora não possa ouvir os sons harmoniosos do teu sono leve, sei que estás aí, e que em breve estarei deitada a teu lado como sempre o faço. E irei sentir o teu calor e o teu conforto, e os sons da tua respiração irão guiar-me devagar para o lugar onde posso sonhar contigo e o homem maravilhoso que tu és.

Vejo a chama a meu lado e recordo-me de outras chamas há décadas, comigo a vestir as tuas roupas e tu de calças de ganga. Sabia então que ficaríamos juntos para sempre, mesmo quando hesitei no dia seguinte. O meu coração tinha sido conquistado, preso num laço por um poeta sulista, e sabia cá por dentro que tinha sempre sido tua. Quem era eu para questionar um amor que cavalgava as estrelas-cadentes e rugia como as ondas que rebentam? Porque era isso que acontecia entre nós então, e o que acontece hoje.

Recordo-me de regressar para ti no dia seguinte, no dia em que a minha mãe nos visitou. Estava tão assustada, mais assustada do que alguma vez estivera porque tinha a certeza de que nunca me perdoarias por te abandonar. Estava a tremer quando saí do carro, mas tu afastaste tudo com o teu sorriso e pelo modo como me estendeste a mão. «Que tal um pouco de café?» foi tudo o que disseste. E nunca mais falaste no assunto. Nestes anos todos que passámos juntos.

Nem me fizeste perguntas quando eu quis partir e passear sozinha em alguns dos dias seguintes. E quando regressei com os olhos cheios de lágrimas, sempre soubeste quando precisava que me abraçasses ou apenas que me deixasses estar. Não sei como o sabias, mas sabias, e tornaste tudo mais fácil para mim. Mais tarde, quando fomos à pequena capela e trocámos as nossas alianças e fizemos os nossos votos, olhei-te nos olhos e soube que tinha tomado a decisão correcta. Mas, mais do que isso, sabia que tinha sido tonta por alguma vez ter considerado outra pessoa. Desde então nunca mais hesitei.

Passámos uns tempos maravilhosos juntos, e penso muito nisso agora. Fecho os olhos por vezes e vejo-te com manchas de cinzento no cabelo, sentado no alpendre a tocar a tua guitarra enquanto os pequeninos brincam e batem as palmas ao som da música que crias. As tuas roupas estão manchadas por horas de trabalho e tu estás cansado, e embora eu te proporcione tempo para descontraíres, sorris e dizes: «É isso que estou a fazer agora.» Acho o teu amor pelos nossos filhos muito sensual e excitante. «És um pai melhor do que pensas», digo-te depois, quando as crianças já estão a dormir. Pouco depois, despimos as nossas roupas e beijamo-nos e quase nos perdemos antes de sermos capazes de nos enfiarmos nos lençóis de flanela.

Amo-te por muitas razões, especialmente pelas tuas paixões, porque foram sempre por aquelas coisas que são as mais belas da vida. Amor e poesia, e a paternidade, e a amizade, e a beleza, e a natureza. E estou contente por teres ensinado às crianças estas coisas, porque sei que as vidas delas serão melhores por causa disso. Elas dizem-me como tu és especial para elas, e sempre que o fazem, levam-me a sentir a mulher mais afortunada do mundo.

Também me ensinaste a mim, e inspiraste e apoiaste-me na minha pintura, e nunca saberás quanto tudo isso significou para mim. Agora as minhas obras estão penduradas em museus e colecções privadas, e embora houvesse momentos em que ficava esgotada e perturbada por causa das exposições e dos críticos, estavas sempre lá com palavras bondosas, a encorajar-me. Entendeste a minha necessidade de ter um estúdio só para mim, de ter o meu espaço próprio, e viste para além da tinta nas minhas roupas e no cabelo, e às vezes na mobília. Sei que não era fácil. Era preciso um homem para fazer isto, Noah, para viver com uma coisa destas. E tu viveste. Durante quarenta e cinco anos, faz agora. Anos maravilhosos.

És o meu melhor amigo bem como meu amante, e não sei de que lado de ti gosto mais. Acarinho ambos os lados, como acarinhei a nossa vida juntos. Tens algo dentro de ti, Noah, algo de belo e forte. Bondade, é o que vejo quando olho para ti agora, isso é o que toda a gente vê. Bondade. És o homem mais cheio de perdão e paz que conheço. Deus está contigo, tem que estar, porque és a coisa mais próxima de um anjo que alguma vez encontrei.

Sei que pensaste que eu era doida por nos obrigar a escrever a nossa história antes de, por fim, deixarmos a nossa casa, mas tenho as minhas razões e agradeço-te pela tua paciência. E embora perguntasses, nunca te expliquei porquê, mas agora acho que é tempo que saibas.

Temos vivido uma vida que a maioria dos casais nunca conheceu, porém, quando olho para ti, fico assustada pelo conhecimento de que tudo isto irá acabar em breve. Porque ambos sabemos os prognósticos e o que isso significará para nós. Vejo as tuas lágrimas e preocupo-me mais contigo do que comigo, porque receio a dor que irás sofrer. Não há palavras para exprimir como lamento tudo isto e não tenho meios para o dizer.

Por isso te amo tão profundamente, tão incrivelmente, que descobrirei uma maneira de regressar para ti independentemente da minha doença, prometo-te. E é aqui que entra a história. Quando eu estiver só e perdida, lê esta história — tal como a contaste aos nossos filhos — e sabe que de alguma maneira eu me aperceberei que ela fala sobre nós. E talvez, apenas talvez, descubramos um caminho para ficarmos juntos outra vez.

Por favor, não fiques zangado comigo nos dias em que não me lembrar de ti, e ambos sabemos que esses dias virão. Sabe que te amo, que sempre te amarei, e que o que quer que aconteça, sabe que eu vivi a melhor vida possível. A minha vida contigo.

E se guardares esta carta para a releres, acredita então no que agora estou a escrever para ti. Noah, onde quer que estejas e quando quer que

isto seja, eu amo-te. Amo-te agora enquanto escrevo isto, e amo-te agora enquanto lês isto. E lamentarei muito se não for capaz de to dizer. Amo-te profundamente, meu marido. És, e foste sempre, o meu sonho.
Allie

Quando acabo de ler a carta, ponho-a de lado. Levanto-me da secretária e descubro os chinelos. Estão junto à cama, e tenho que me sentar para os calçar. Depois, de pé, atravesso o quarto e abro a porta. Espreito para o fundo do corredor e vejo Janice sentada à secretária principal. Pelo menos penso que é Janice. Tenho de passar por aquela secretária para chegar ao quarto de Allie, mas a esta hora não me é permitido deixar o meu quarto, e Janice nunca foi daquelas pessoas que esquecem as regras. O marido dela é advogado.

Espero para ver se se levanta, mas não parece querer mover-se, e começo a ficar impaciente. Por fim, saio do quarto de qualquer maneira, arrasta-devagar, escorrega da direita, arrasta-devagar. Demora uma eternidade para percorrer a distância, mas por um motivo qualquer ela não me vê aproximar. Sou como uma pantera silenciosa a rastejar na selva, sou tão invisível como pombos bebés.

Por fim sou descoberto, mas não fico surpreendido. Endireito-me diante dela.

— Noah — diz —, o que anda a fazer?

— Estou a dar um passeio — digo. — Não consigo dormir.

— Sabe que não está autorizado a fazer isso.

— Sei.

Não me mexo, porém. Estou determinado.

— Não está a pensar dar um passeio, pois não? Vai ver a Allie, não é?

— Sim — respondo.

— Noah, sabe o que aconteceu da última vez que a foi ver de noite, não sabe?

— Eu recordo-me.

— Então sabe que não devia fazer isto.

Não respondo directamente. Em vez disso, digo:

— Tenho saudades dela.

— Sei que tem, mas não posso deixá-lo ir vê-la.

— É o nosso aniversário — digo. — E é verdade. Falta um ano para as bodas de ouro. Faz hoje quarenta e nove anos.

— Estou a ver.

— Então posso ir?

Vira a cara por um momento e a voz dela muda. Tornou-se mais doce agora, e fico surpreendido. Nunca me pareceu ser do tipo sentimental.

— Noah, há cinco anos que trabalho aqui e trabalhei noutro lar antes deste. Já vi centenas de casais em luta com o sofrimento e a tristeza, mas nunca vi ninguém suportá-los como você faz. Ninguém por aqui, nem os médicos nem as enfermeiras, alguma vez viram algo de parecido.

Faz uma pausa por um breve momento e, estranhamente, os olhos começam a encher-se-lhe de lágrimas. Limpa-as com o dedo e continua:

— Tento calcular como deve ser para si, como você continua a aguentar dia após dia, mas eu nem sequer consigo imaginar. Não sei como o consegue. Você às vezes até é capaz de vencer a doença dela. Mas mesmo se os médicos não o compreenderem, nós as enfermeiras compreendemos. É o amor, é tão simples como isso. É a coisa mais incrível que alguma vez vi.

Um nó cresceu-me na garganta e fico sem saber o que dizer.

— Mas, Noah, não lhe é permitido fazer isto, e eu não posso deixá-lo. Por isso, regresse ao seu quarto. — Depois, sorrindo docemente e fungando e remexendo em alguns papéis que tinha sobre a secretária, diz: — Por mim, vou até lá abaixo tomar café. Por um bocado não estarei de volta para verificar o que se passa consigo, por isso não faça nenhum disparate.

Levanta-se rapidamente, toca-me no braço, e vai em direcção às escadas. Não se vira para trás e de repente encontro-me só. Não sei o que pensar. Olho para onde ela estava sentada e vejo o café, uma chávena cheia, ainda a fumegar, e mais uma vez aprendo que ainda há pessoas boas no mundo.

Sinto-me quente pela primeira vez em muitos anos quando começo a minha jornada até ao quarto de Allie. Dou passos do tamanho de pequenos gnomos, e mesmo estas passadas são perigosas, porque as minhas pernas já estão cansadas. Descubro que tenho que me encostar à parede para não cair. As luzes zumbem-me por cima da cabeça, o seu brilho fluorescente magoa-me os olhos, e pisco um bocado. Passo por uma dúzia de quartos às escuras, quartos onde já antes estive a ler, e apercebo-me de que tenho saudades das pessoas que estão lá dentro. São os meus amigos, cujas caras conheço tão bem, e amanhã vê-los-ei a todos. Mas não esta noite, porque não há tempo para parar nesta jornada. Apresso-me para diante, e o movimento força o sangue adentro de artérias esquecidas. Sinto-me mais forte a cada passo. Oiço uma porta a abrir-se atrás de mim, mas não oiço passos, e continuo. Agora sou um estranho. Não posso ser interceptado. Um telefone toca na secção das enfermeiras, e empurro-me para a frente para não ser apanhado. Sou um bandido da meia-noite, mascarado e voando a cavalo através de adormecidas cidades do deserto, carregando luas amarelas com poeira de ouro nos alforges da minha sela. Sou jovem e forte com paixão na alma e irei quebrar a porta e pegar nela com os meus braços e transportá-la para o paraíso.

A quem estou a enganar?

Agora levo uma vida simples. Sou idiota, um velho apaixonado, um sonhador que não aspira a nada mais do que ler para Allie e abraçá-la quando é possível. Sou um pecador com muitas faltas e um homem que acredita em magia, mas sou demasiado velho para mudar e demasiado velho para me preocupar com isso.

Quando, por fim, chego ao quarto dela, o meu corpo está fraco. As pernas tremem-me, tenho os olhos desfocados e o coração bate de uma maneira estranha dentro do meu peito. Luto com a maçaneta da porta, que no fim me exige duas mãos e três camiões de esforço. A porta abre-se e a luz do corredor derrama-se para dentro do quarto, iluminando a cama onde ela dorme. Penso, assim que a vejo, que não sou mais que um passante numa rua cheia de azáfama da cidade, esquecido para sempre.

O quarto está em silêncio e ela está deitada com as cobertas até metade. Após um momento vejo-a voltar-se para um lado, e os ruídos que faz trazem memórias de tempos mais felizes. Ela parece pequena naquela cama, e enquanto a observo sei que está tudo acabado entre nós. O ar está bafiento e tenho um arrepio. Este lugar tornou-se no nosso túmulo.

Não me mexo, neste nosso aniversário, durante quase um minuto, e anseio por lhe dizer como me sinto, mas fico quieto para não a acordar. Além disso, está escrito no pedaço de papel que lhe vou enfiar debaixo da almofada:

O amor, nestas últimas e ternas horas,
é muito sensível e muito puro
Vem, aurora, com o poder da luz nova
acordar um amor ainda mais seguro.

Acho que oiço alguém a chegar, por isso entro no quarto e fecho a porta atrás de mim. A escuridão desce e atravesso o chão de cor e chego à janela. Abro as cortinas e a Lua devolve o olhar, grande e cheia, a guardiã da noite. Viro-me para Allie e sonho mil sonhos, e embora saiba que não o devia fazer, sento-me na cama enquanto lhe enfio o pedaço de papel por baixo da almofada. Depois estico-me e toco-lhe suavemente na cara, macia como pó. Faço-lhe uma festa no cabelo, e fico sem respiração. Sinto a maravilha, sinto o terror, como um compositor a descobrir pela primeira vez as obras de Mozart. Ela mexe-se e abre os olhos, encolhendo-se docemente, e de súbito lamento a minha loucura, porque sei que ela irá começar a chorar e a gritar, porque é isso que sempre faz. Sou arrebatado e fraco, eu sei, mas sinto um forte impulso para tentar o impossível e inclino-me para ela, as nossas faces aproximando-se.

E quando os lábios dela encontram os meus, sinto um formigueiro estranho como nunca antes senti, em todos os nossos anos juntos, mas não me afasto. E subitamente, um milagre, porque sinto a boca dela aberta e descubro um paraíso esquecido, imutável durante todo este tempo, sem idade como as estrelas. Sinto o calor do seu corpo, quando as nossas línguas se encontram, e deixo-me escorregar, como o fazia há tantos anos. Fecho os olhos e torno-me num enorme navio em águas agitadas, forte e destemido, e ela é a minha vela. Suavemente desenho-lhe o contorno da face, depois seguro a mão dela na minha. Beijo-lhe os lábios, as faces, e fico a ouvir enquanto ela murmura docemente: «Oh, Noah... Senti a tua falta.» Outro milagre — o maior de todos! — e não há maneira de suster as lágrimas quando começamos a deslizar para o próprio céu. Porque, nesse momento, o mundo está cheio de maravilha enquanto sinto os seus dedos procurarem os botões da minha camisa e devagar, muito devagar, ela começa a desabotoá-los, um a um.

GRANDES NARRATIVAS